E. PICARD.

IMP. EUGÈNE HEUTTE ET Cᵉ, A SAINT GERMAIN.

PRÉFACE.

Louis XIV était mort, laissant le peuple affamé, la France appauvrie par la révocation de l'édit de Nantes, par les longs désastres d'une guerre inique terminée à grand peine en victoire *in extremis*, l'esprit écrasé sous le joug du père Lachaise et de la Maintenon, les lettres languissantes. La disparition de la funeste cagote et des confesseurs jésuites fut un soulagement universel. Le poids qui oppressait les poitrines s'en était allé à Saint-Denis en pourriture royale. On respirait. Mais dans quel chaos, dans quel désarroi moral, politique et financier! Trouble encore accru par le déchaînement des passions comprimées et le dévergondage effréné qui succède à la libération.

C'est dans Michelet qu'il faut chercher la peinture sur le vif de cette ruine pleine de vie, où, parmi les scandales de l'agiotage qui étouffa dans son germe la gigantesque entreprise de Law, parmi les intrigues traîtresses des bâtards auxquels Louis XIV avait voulu livrer la minorité de Louis XV, M. le Duc, un Condé rapace, *roi du système*, qui se disait pauvre avec un grand gouvernement et dix-huit cent mille livres de rentes, un Dubois pourri de vices et de ruse, des Tencin mâle et femelle, gouvernaient un fouillis de petits abbés, de laquais enrichis, de grands seigneurs et de courtisanes que la spéculation mêlait dans la fraternité du ruisseau Quincampoix. Les castes s'effaçaient. *Per fas et nefas*, il se formait une nation avide d'une vie nouvelle, pleine de mépris et de haine déjà contre les parasites sociaux acoquinés sur la patrie. La Révolution se faisait; par en haut; dans la bourgeoisie lettrée et la petite noblesse de robe; mais elle se faisait.

« Le siècle, dit Michelet, demandait, désirait un génie qui tranchât nettement dans le temps, partît de l'écart absolu, qui surtout allât droit à la question fondamentale, la question religieuse, ne cherchât pas, comme les utopistes d'alors, de vains raccommodages pour une machine plus qu'usée. »

Notez que le catholicisme expirant se signalait encore par

LETTRES
PERSANES

PAR

MONTESQUIEU

AVEC

PRÉFACE, NOTES ET VARIANTES,

INDEX

PHILOSOPHIQUE, HISTORIQUE, LITTÉRAIRE,

PAR

ANDRÉ LEFÈVRE

———

TOME I

PARIS

ALPHONSE LEMERRE, ÉDITEUR

27, PASSAGE CHOISEUL, 29

———

M DCCC LXXIII

LETTRES PERSANES

d'horribles exploits ; que la révocation de l'édit de Nantes, les dragonnades, les missions bottées, la persécution des jansénistes venaient de dépeupler le centre de la France, de ruiner l'industrie ; qu'en 1721 (l'année des *Lettres persanes*) l'inquisition brûlait à Grenade neuf hommes et onze femmes ; que, vers le même temps, les protestants de Thorn périssaient torturés « dans des supplices exquis ; » que les parlements de Paris, de Rouen, de Bordeaux, tenaillaient et brûlaient les libertins, libres penseurs du temps ; que le Château-Trompette, où l'on ne pouvait se tenir ni debout ni couché, n'avait rien à envier aux effrayants *in pace* de l'inquisition.

Qui donc proclamera l'iniquité de l'intolérance, l'inanité des menues pratiques religieuses, les ridicules de la casuistique, l'influence néfaste du célibat ecclésiastique, l'inévitable fin du catholicisme ; la supériorité des gouvernements doux, des châtiments gradués et modérés, sur les rigueurs pénales et les fantaisies du despotisme ; de la république sur la monarchie ? quel homme osera, en face et au-dessus de l'arbitraire religieux et politique, établir les principes du droit des gens, subordonner à l'équité les coutumes et les lois, soumettre à la justice les princes, les magistrats, les prêtres, Dieu lui-même, « s'il y a un Dieu » (LXXXIV) ?

Ce sera, contraste piquant, un homme né et nourri dans un « milieu unique pour énerver, éteindre, admirable pour étouffer », où la routine réactionnaire est une religion, où la cruauté froide, indifférente, machinale est une seconde nature, ou l'infatuation est une monomanie. Une fatalité de famille condamnait Montesquieu à la magistrature. Affublé à vingt-cinq ans d'une perruque de conseiller, coiffé à vingt-sept ans d'un bonnet de président à mortier, il semblait « calfeutré au foyer » dès vingt-six ans par un mariage fort calme et l'éducation de trois enfants. Il n'avait « guère plus de trente ans quand son petit roman esquissa déjà le *Credo* de 89. » Le prisonnier de la robe s'était émancipé ; cette robe, qu'il porta douze ans (1714-1726), « dont il n'osait s'arracher » couvrait « un merveilleux fonds de haine » pour l'atroce passé dont elle le faisait complice. « Son esprit vaste, vif et doux, sous ce poids qui le contenait, n'en fut pas accablé, mais s'étendit en dessous de tous côtés, » étudiant les sociétés, les lois qui président au développement des nations, l'éclosion lente mais sûre de la justice, idéal qui se dégage des mœurs passagères et changeantes. Dans le recueillement d'une quasi-captivité, ou parmi les distractions ordinaires d'une vie calme et mondaine, en allant de son hôtel au parlement, du parlement à son hôtel, parfois à Paris, il aiguisait et fourbissait l'arme qui allait « décapiter un monde, » ses petites

phrases pimpantes et sèches, si fortes dans leur dédaigneuse concision, mesurées et audacieuses.

Mais comment relier tant de pensées éparses sur des sujets si vastes, réduire en un livre le sommaire d'une bibliothèque critique, et en un livre attrayant, se faire lire et accepter? On était « dans un moment singulier d'inattention où personne n'avait envie de regarder. Ecrit au plus fort du système, le livre est publié dans la débâcle : la terreur du visa, quand chacun se croit ruiné. La difficulté était grande pour se faire écouter de gens préoccupés si fortement. Quel cadre assez piquant, quel style assez mordant pouvait s'emparer du public ? *Le petit roman* fit cela. »

Il est probable que, dès 1718, Montesquieu s'était arrêté à l'idée de lettres écrites par des Orientaux voyageant en Europe. Déjà Charles Rivière du Fresny, dans ses *Amusements sérieux et comiques*, Amsterdam, 1705, avait promené un Siamois à Paris. C'était un artifice ingénieux et simple. Les mœurs de l'Orient, matière à comparaison et à contraste, étaient suffisamment connues par les *Mille et une nuits*, par les récits de Chardin et de Tavernier, par les *Mémoires du serrail* de Mme de Villedieu (Catherine des Jardins, femme galante morte en 1683). L'auteur causait de son projet avec ses amis, leur en communiquait des fragments, profitait de leurs conseils, rédigeait d'après leurs indications plaisantes ou sérieuses des épisodes et des réflexions, esquissait des caractères.

A en croire une note manuscrite au verso du feuillet de garde de l'édition 1758 (Amsterdam et Leipsik, Arkstée et Merkus, trois volumes in-4), la première des Œuvres complètes (Arsenal, 20 911 B.), « deux personnes ont travaillé avec M. le président Montesquieu aux *Lettres persannes* : M. Bel, conseiller au Parlement de Bordeaux, qui a fourni les articles badins, et M. Barbaud, président, qui a écrit les réflexions morales. » Ce dernier était secrétaire perpétuel de l'Académie de Bordeaux, à laquelle il légua sa maison et sa bibliothèque. Jean-Jacques Bel, membre de la même Académie, possédait une fort belle bibliothèque qu'il voulait rendre publique, en y attachant, à ses frais, deux bibliothécaires. On a de lui le *Dictionnaire néologique* (en collaboration avec Desfontaines, des lettres critiques sur la Marianne de Voltaire, et une ironique apologie de Lamothe-Houdart. Il mourut à quarante-cinq ans (1738), d'un excès de travail, à Paris, où « il passoit la plupart de son temps. » Ces deux hommes étaient évidemment des lettrés, et il leur suffit, pour être sauvés de l'oubli, d'avoir touché aux *Lettres persanes*. Quant à leur part de collaboration, il semble qu'on soit fondé à la restreindre à un échange d'idées. Le style de Montesquieu est

partout le même, d'une concision forte qui n'exclut ni l'afféterie,
ni la sécheresse. Et dans son premier ouvrage se retrouvent
en germe aussi bien la curiosité galante du *Temple de Gnide*,
que la gravité quelque peu impérieuse de l'*Esprit des lois* et de
la *Grandeur et décadence des Romains*, avec un charme de
plus, l'expansive mobilité de la jeunesse et le mélange contrasté
des sujets et des tons.

Une occasion se présenta, Montesquieu la saisit.

« L'ambassadeur turc arrivait (mars 1721), avec tout son
monde équivoque. La question débattue partout était : « A-t-il,
n'a-t-il pas un sérail ? Et qu'est-ce donc que la vie du sérail ?
Vous le voulez... Eh ! bien, apprenez-le. Le nouveau livre vous
le dira. Dès le commencement, cinq ou six lettres vous saisis-
sent par cette curiosité d'être confident du mystère, au fond du
sérail même, et ce qui est piquant, d'un sérail veuf, et des
humbles aveux que ces belles délaissées écrivent en grand secret.
Avec un tel prologue, on ne lâchera pas le livre. Mais nulle
mollesse orientale. Il ne s'en doute même pas. A cent lieues du
sérail mystique des soufis, du sérail voluptueux du Ramayan,
celui-ci est français, je veux dire amusant et sec. La flamme
même, s'il y en a quelque peu, est sèche encore, esprit, dispute
et jalousie. Ces disputes ne troublent guère les sens. Le tout est
une vraie satire contre l'injustice polygamique, le dur veuvage
où elle tient la femme ; même la polygamie chrétienne (quoi-
qu'on en plaisante parfois comme d'une chose qui est dans les
mœurs), il la flétrit très-âprement dans la lettre sur l'homme
à bonnes fortunes (XLVIII). C'est un coup de théâtre de voir
comme, après ces cinq ou six premières lettres de femmes, maî-
tre de son lecteur, il l'emporte sur un pic d'où l'on voit toute
la terre, » la marche inéluctable des sociétés humaines vers le
droit, vers la libre pensée, vers la république. « Le régent rit
et tout le monde. Et qui sait ? les évêques, tous les pères de
l'Église, Dubois, Tencin, etc., et la France entière rit, et l'Eu-
rope. C'est là bien autre chose qu'un succès littéraire. »

La vogue tout d'abord fut grande. Il parut en 1721 trois
éditions au moins des *Lettres persanes*, deux chez Brunel,
Amsterdam, une à Cologne chez Pierre Marteau (voir la bi-
bliographie à la fin du tome II), toutes fidèles au texte publié
chez Brunel par les soins du secrétaire de Montesquieu.

L'auteur vint à Paris (1722) jouir de son triomphe. Reçu
dans tous les cercles lettrés, chez le Régent, chez Maurepas,
chez M^me de Tencin, il connut là Duclos, Chevrier, Voisenon,
La Chaussée, Crébillon fils, Moncrif, Salé, Pont de Veyle, tous
aspirants à l'Académie. Le *Temple de Gnide*, que M^me du Def-
fand a si bien nommé l'*Apocalypse de la galanterie*, allégorie

affétée composée pour M^{lle} de Clermont, lui valut, dit-on, un certain nombre d'amies influentes (1725). Aussitôt il se présenta à l'Académie, et fut élu. Fontenelle, directeur, avait déjà écrit son discours et l'avait remis au récipiendaire, lorsque des envieux firent valoir un article des statuts qui interdisait l'admission de membres non résidants. Et puis Montesquieu avait fort malmené l'Académie (LXXIII). L'élection ne fut pas validée. Montesquieu, piqué au vif, vendit sa charge (1726), s'établit à Paris, prit pied chez la marquise de Lambert qui passait pour mener la coterie académique, et attendit.

Ces détails et ceux qui suivent sont habilement groupés par M. Vian, l'un des hommes qui connaissent le mieux Montesquieu, et nous les empruntons à sa curieuse brochure : *Montesquieu, sa réception à l'Académie, et la deuxième édition des Lettres persanes* (signé L. V. 24 p. grand in-12, Didier, sans date).

Enfin, le 26 octobre 1721, la mort d'un certain Sacy, avocat, nullement parent des Sacy bibliques dont le nom s'est tristement éclipsé sous le second empire, laissa vacante la place si ardemment convoitée. Amis et amies d'entrer en campagne et d'écarter tout concurrent. Patronnée dans le monde par M^{me} de Lambert, dans l'Académie par l'abbé Mongault, ancien précepteur du duc d'Orléans, la candidature n'est point combattue par le cardinal Fleury qui, dans une réponse ambiguë au directeur, abbé Dubos, rappelle, sans vouloir prendre d'engagement, que le « président » s'est déjà présenté. La réussite semble assurée. Un ncident fâcheux remet tout en suspens.

Fleury n'avait pas lu les *Lettres persanes* ; on les lui fit lire. Le père Tournemine, directeur du journal de Trévoux, trônait à l'hôtel Soubise, dans les salons d'un certain abbé Oliva, bibliothécaire du cardinal de Rohan. Montesquieu avait été présenté à ce cénacle ; puis tout à coup, effarouché par les prétentions de cet encombrant personnage, avait cessé d'y paraître, et cela sans déguiser le motif de sa retraite. *Inde iræ.* « Un extrait fort fidèle » rapidement composé par le père Tournemine ouvrit les yeux au cardinal. Il paraît que la lettre XXIV (1721 1^{re} XXII) mit le vieux prêtre de fort méchante humeur ; et je le crois : le roi et le pape y sont traités de grands magiciens qui font croire au peuple, l'un que du papier est de l'argent, l'autre « que trois ne sont qu'un » et que « le pain qu'on mange n'est pas du pain. »

Le jeudi 11 décembre, au moment de procéder au scrutin, on apprend le mécontentement du cardinal. Le cardinal a parlé ; le cardinal vient de dire à l'abbé Bignon, en propres termes : « Le choix que l'Académie veut faire sera désapprouvé de tous

les honnêtes gens. » Voilà l'élection ajournée à huitaine. Un candidat sérieux, l'avocat Mathieu Marais, se présente dans l'intervalle. Montesquieu est tenace; il donne de sa personne; il court droit à l'ennemi; (c'est-à-dire qu'il va voir le cardinal) et le gagne à sa cause. Sur l'heure, Fleury fait savoir qu'après *les éclaircissements* donnés par le président, « il n'empêchoit point l'Académie de l'élire. » Deux scrutins, non sans boules noires (20 décembre et 5 janvier) donnèrent enfin la majorité à Montesquieu. Les adversaires ne s'étaient pas découragés et, la veille du deuxième tour, ils travaillaient encore contre « ce fou. » La partie ne fut décidée que le matin même par une lettre ministérielle que M. Vian a raison de citer comme un chef-d'œuvre du genre.

« Il me paroît, monsieur, » écrivait Fleury au secrétaire perpétuel, « que la manière dont vous avez dressé le registre le 11 décembre est très-sage et très-mesurée. Il y a certaines choses qu'il vaut mieux ne pas approfondir, par les suites qu'elles peuvent avoir, et si on vouloit aller plus loin, on ne diroit pas assez ou on diroit trop. *La soumission de M. le président de Montesquieu a été si entière*, qu'il ne mérite pas qu'on laisse aucun vestige de ce qui pourroit porter préjudice à sa réputation, et tout le monde est *si instruit de ce qui s'est passé*, qu'il n'y a aucun inconvénient à craindre du silence que gardera l'Académie.

« Voilà mon sentiment, et je ne prétends point le donner comme une décision. Je serois bien fâché de vouloir jamais m'ériger en juge de ce que pourra faire la compagnie. En général, je ne puis m'empêcher de penser que le parti de prévenir les tracasseries est toujours le plus prudent. »

L'élection, approuvée le 8 janvier, consacrée par la réception le 24 janvier 1728, fut pour Montesquieu une satisfaction d'amour-propre, et rien de plus. Trois séances suffirent pour confirmer le nouvel académicien résidant dans ses projets de voyages lointains. Dès avril 1728, il partit pour Vienne avec un homme d'État anglais.

« Le lecteur, qui, dit M. Vian, aime les dénouements moraux, au moins chez les autres, s'étonne sans doute que Montesquieu n'ait pas fait expier à quelqu'un les ennuis qu'il venait d'éprouver. » Il ne se refusa pas le plaisir d'une fine et discrète vengeance « Tout le monde savait que le P. Tournemine aimait passionnément la célébrité. Dès lors, chaque fois qu'on prononça devant Montesquieu le nom de ce jésuite, il prit soin de dire: Le père Tournemine ? Je n'en ai jamais entendu parler. »

Ainsi donc Montesquieu était académicien de par les *Lettres persanes*, malgré les *Lettres persanes*. Elles demeuraient sous-

entendues. Mais que s'était-il passé dans sa visite au cardinal ?
à quelles soumissions s'était-il prêté ? Fleury affirme que tout
le monde en était instruit. Le fait est qu'on n'en sait rien. Trois
hypothèses se présentent, l'une adoptée par « les trois panégyris-
tes de Montesquieu », l'autre insinuée, à la suite de la première,
par d'Alembert dans son éloge, l'autre relatée dans une note
du *Siècle de Louis XIV*, et soutenue par M. Vian.

D'après la première opinion, Montesquieu aurait déclaré au
cardinal « qu'il ne se disoit pas l'auteur des *Lettres persanes*,
mais qu'il ne les désavoueroit jamais. » Puis il aurait lu lui-
même quelques passages bien choisis, et le ministre, séduit par
l'habileté du lecteur, aurait trouvé l'ouvrage moins dangereux
qu'agréable. D'Alembert, écrivant sous l'inspiration des Secon-
dat, prétend à faux que « parmi les véritables Lettres, l'impri-
meur étranger en avait inséré quelques-unes d'une autre main »
(Bel ? Barbaud ?) et qu'il aurait fallu du moins, « avant de con-
damner l'auteur, démêler ce qui lui appartenoit en propre. »

Ces explications, qui se tiennent, peuvent sembler confirmées
par une sorte de désaveu indirect que nous relevons dans le
discours de réception : « Le génie que le public remarque en
vous le déterminera *à vous attribuer les ouvrages anonymes*
où il trouvera de l'imagination, de la vivacité, et *des traits
hardis ;* et, pour faire honneur à votre esprit, il vous les don-
nera, malgré les précautions que vous suggère votre prudence. »
Ce compromis, cette réticence discrète étaient probablement
connus, acceptés ou imposés par le cardinal. Il est permis en-
core de voir dans les *Réflexions sur les Lettres persanes* (v.
p. 1), publiées en tête du Supplément de 1754, la substance de
l'apologie que Montesquieu présenta au ministre.

Voici maintenant la version de Voltaire, rejetée par Sainte-
Beuve et beaucoup d'autres : « Montesquieu fit faire en peu de
jours une nouvelle édition de son livre, dans lequel *on retran-
cha ou on adoucit tout ce qui pouvoit être condamné* par
un cardinal ou par un ministre. » C'est justement ce que fit
Voltaire lui-même en 1732 pour obtenir de Fleury l'autorisation
de publier les *Lettres anglaises*. L'anecdote n'est donc pas in-
vraisemblable. D'autre part, il existe une édition des Lettres
persanes, *modifiée uniquement dans le premier volume* et
pourvue d'un sous-titre caractéristique : LETTRES PERSANES,
*seconde édition, revue, corrigée, diminuée et augmentée par
l'auteur. A Cologne, chez Pierre Marteau, 1721.* Notez
que le même Marteau avait également donné en 1721 un texte
conforme à celui d'Amsterdam-Brunel, qui a été suivi du vivant
de l'auteur par toutes les éditions subséquentes, 1730, 1731,
1737, 1739, 1740, 1744, 1748, 1753, jusques et y compris

l'édition avec Supplément, de 1754, celle que nous considérons
et reproduisons comme définitive (Montesquieu mourut au com-
mencement de 1755). Partout, avant le Supplément, le nombre
des lettres est de cent cinquante. Dans la *seconde-Marteau*, il
est réduit à cent quarante. Treize ont été supprimées (I, V, X,
XV, XXIII, XXX, XXXIX, XL, XLI, XLV, LXIII, LXVIII,
LXIX de l'édition type); huit présentent quelques changements
(VII, IX, XI, XVII, XXII, XXXVII, LXXXIV, CXXXVII). Trois
ont été ajoutées : Sottise du peuple durant la Fronde, Libéralités
des princes, Embarras des gens d'esprit; qui portent dans la
seconde-Marteau les nos LVIII, LIX, LX, et qui figurent dans
le Supplément de 1754.

M. Vian a été tout d'abord et justement frappé de ces suppressions,
de ces remaniements et de la rareté relative d'une édition à laquelle
Montesquieu ne peut être étranger, puisqu'on y relève des addi-
tions conservées par le texte définitif. Ajoutez que les change-
ments s'arrêtent au tome 1er, que le 2e demeure intact sauf les
numéros des lettres, que ce fait semble l'indice d'une certaine
précipitation, en tout cas d'une intention cachée.

La date seule, 1721, embarrassait M. Vian; mais dès qu'il
eut découvert, dans le *Journal littéraire* de 1729, deux comptes
rendus élogieux, presque édifiants, de cette *seconde édition*,
sous la rubrique : livres parus en 1721 et de *1722 à 1728*;
il ne douta pas qu'il eût entre les mains l'édition citée par Vol-
taire; car s'il n'en avait paru aucune de 1722 à 1730, et aucune
en effet ne porte de date intermédiaire, pourquoi le *Journal lit-
téraire* se fût-il occupé des *Lettres* en 1729 ? Cette *seconde-
Marteau* ne pouvait-elle pas avoir été antidatée « pour faire
croire » à l'ancienneté de modifications imposées par des cir-
constances récentes ?

Voilà, certes, des remarques intéressantes, des arguments
bien présentés, des déductions correctes. Et cependant nous ne
sommes pas convaincu. C'est qu'à cette *seconde* édition, dont
M. Vian croyait il y a peu d'années posséder le seul exemplaire
connu, qui manque à la Bibliothèque nationale, mais que nous
avons compulsée et collationnée à l'Arsenal, (19630 B.), il
manque beaucoup pour répondre au signalement donné par
Voltaire. On n'en a pas *retranché*, on n'y a pas *adouci « tout
ce qui pouvoit être condamné par un cardinal ou par un minis-
tre.* » A ce point qu'en 1751, vingt ans après la date officielle,
vraie ou fausse, c'est d'après le texte expurgé, en citant les
numéros nouveaux, que M. G. (l'abbé Gaultier, né à Louviers
en 1685, mort à Paris en 1755, théologien des évêques de
Boulogne (de Langle) et de Montpellier (Colbert), rédigeait un
violent factum, dont nous reparlerons : *Les Lettres persannes*

convaincues d'impiété, MDCCLI (103 pages. Arsenal 19032, D, B, L, relié dans un petit recueil de pièces, grand in-12, avec cette mention manuscrite : *Ex libris domus orat. dominæ nostræ virtutum ; ex dono domini Molin. Parisiis*).

Si le lecteur veut bien se reporter aux *Notes et Variantes* du présent tome, il jugera comme nous que les suppressions et remaniements, tous regrettables au point de vue littéraire, sont à peu près insignifiants sous le rapport philosophique et religieux.

Qu'y a-t-il de retranché ? des épisodes sans importance, les *Quinze-vingts* (XXX, 32), l'aventure de Pharan qui ne veut pas être eunuque (XXXIX-XLI, 41-43), des recommandations d'Usbek à ses femmes (LXIII, 65), une partie de campagne du sérail (XLV, 47), l'affront fait à Soliman par son gendre (LXVIII, LXIX, 70-71) ; les expressions : *Vierge qui a mis au monde douze prophètes* (I) ; *trois ne sont qu'un* (XXII, 24, XVIII 2e). Reste l'allusion à l'Eucharistie : *Le pain qu'on mange n'est pas du pain.*

Qu'y a-t-il d'adouci ? Les regrets amoureux de Fatmé (VII, V 2e) ; deux mots relatifs à l'impureté de la femme et à la circoncision ; la dénomination *Révérend père jésuite* décemment abrégée en R. P. J. Et quoi encore ? absolument rien de significatif.

Qu'y a-t-il de changé ? des numéros de lettres et quelques lettres. Les additions ne sont pas un correctif. Loin de là.

Est-ce à dire que l'édition subreptice doive être attribuée à un caprice d'éditeur ? Nullement, puisque les additions en ont été conservées par l'auteur dans son Supplément. Qu'elle n'ait joué aucun rôle dans l'élection à l'Académie ? il est probable que si, mais dans une certaine mesure que Voltaire n'indique pas suffisamment et que M. Vian exagère. Nous sommes porté à croire que la seconde édition est antidatée, le *Journal littéraire* semble le prouver ; que Montesquieu, pour appuyer ses explications et son apologie (résumées dans les *Réflexions sur les Lettres P.*), a pu tirer de sa poche deux ou trois éditions de 1721 y compris le tome Ier de la fameuse seconde et, se plaignant des contrefacteurs, signaler rapidement quelques numéros intervertis, quelques mots absents, quelques passages remaniés. Il a montré le livre, mais ne l'a point laissé. Fleury, d'ailleurs, n'avait pas le temps de lire ; et, pour ne contrarier ni des personnages influents ni un candidat bien né, bien posé, contre lequel il n'avait aucun grief sérieux, il s'est hâté de reconnaître un acte de déférence par un acquiescement de bon goût.

Cette conclusion concilie toutes les hypothèses probables et vraisemblables et rend justice, ce nous semble, à la perspicacité de M. Vian.

La *seconde* édition, *diminuée et augmentée*, ne paraît pas avoir été réimprimée. Il ne s'en est conservé dans le texte définitif que les trois lettres ajoutées. On les trouvera dans le tome II, à la place indiquée par le Supplément. Les éditions assez nombreuses, publiées du vivant de Montesquieu, sont de simples reproductions de la première Amsterdam-Brunel. Le Supplément ne renferme que quelques lettres insignifiantes relatives au « petit roman, » deux ou trois correctifs à une théorie hardie du suicide, à des doutes sur la prescience divine (LXXVI-LXXVII, LXIX), et ces *Réflexions*, désormais placées en tête de presque toutes les éditions et dont nous avons indiqué le sens et la portée.

Il est fait allusion dans ce morceau à de nombreuses imitations des Lettres persanes : on n'a conservé le souvenir que des *Lettres turques* par Saint-Foix, souvent jointes au livre de Montesquieu sans en être absolument indignes (1744-1754), des *Lettres juives* (1754), des *Lettres chinoises*, du marquis d'Argens, enfin des *Lettres d'Amabed*, par Voltaire.

Ce serait prendre sur le plaisir du lecteur que de relever toutes les grâces et tous les mérites des Lettres persanes. On les découvrira du premier coup. Nul besoin de clé ou de commentaires. Les allusions aux folies déplorables de Louis XIV, à la révocation de l'édit de Nantes, aux scandales du système, aux outres du crédit remplies de vent par un Éole qui ressemble à Law, ne renferment rien de mystérieux ni d'obscur. Les peintures de mœurs, le tableau achevé de tous les ridicules sociaux, les observations qui notent de traits si fins, si justes et si multipliés toutes les nuances du caractère français, l'activité parisienne, le flegme espagnol, la morne gravité des orientaux, cela est de tous les temps, aussi clair, aussi vrai, aujourd'hui qu'il y a cent cinquante ans. Les jugements littéraires trouvent de même leur application immédiate. Ce que dit Montesquieu des sots livres, des compilations vaniteuses, des coureurs de nouvelles, des ergoteurs scolastiques, des théologiens pédantesques, de l'Académie française, semblera bien longtemps écrit d'hier. Quant à quelques erreurs bien rares comme l'idée d'une dépopulation progressive du monde, à quelques préjugés contre la médecine, l'érudition, la poésie, et qui sont imputables soit à l'esprit du temps, soit au tempérament tranchant de Montesquieu ou au caractère de son génie à la fois positif et généralisateur, nous les signalons sans y insister.

Mais il est à propos de déterminer ici les doctrines philosophiques et morales de Montesquieu et l'application qu'il en fait aux religions, au gouvernement, à l'organisation des sociétés humaines. Elles sont exposées dans les *Lettres persanes* avec

la netteté et la franchise de la jeunesse, qualités sans prix, qui ne survivent pas toujours aux compromis et aux prudentes réserves de l'âge mûr.

L'univers apparaît à Montesquieu régi par des lois générales, éternelles, immuables. C'est la conception même de la science. Découvertes par les philosophes qui, d'ailleurs, « n'ont point été ravis jusqu'aux trône lumineux, qui n'ont ni entendu les paroles ineffables dont les concerts des anges retentissent, ni senti les formidables accès d'une fureur divine, » ces lois, ces « cinq ou six vérités » donnent la clé de merveilles cent fois plus stupéfiantes que les miracles des prophètes (XCVII) : non qu'elles aient une volonté ; elles ne ressemblent en rien aux entités métaphysiques : formules induites d'observations rationnelles, elles ne sont que « l'expression des rapports nécessaires qui dérivent de la nature des choses. » La terre est soumise, comme les autres planètes, aux lois du mouvement (XCIII); les hommes n'échappent à aucune des conditions de l'existence universelle et de la vie terrestre. Les climats, dont l'auteur esquisse ici la théorie, déjà trop exclusive (CXXI), constituent une fatalité particulière à l'homme et qu'il ne réussit guère à dominer. L'homme tient dans le monde physique une place infiniment petite, que son orgueil exagère. Cette vanité se manifeste surtout par le dogme de l'immortalité de l'âme (auquel on croit par semestre selon le tempérament et les vicissitudes de la santé (LXXV); il est facile de la retrouver dans la fureur, bien impuissante au reste, des lois contre le suicide (LXXVI).

Le monde moral considéré en lui-même, ce qu'on a appelé le règne humain, a ses lois, ou plutôt sa loi propre, qui n'est ni la foi, ni l'obéissance, ni même la charité; qui est la JUSTICE. « La justice est un rapport de convenance qui se trouve réellement entre deux choses : ce rapport est toujours le même, quelque être qui le considère, » dieu, ange ou homme; qu'on l'applique aux relations des individus ou à celles des nations (LXXXIII, XCV). C'est là une vue féconde, d'une importance capitale. Quant aux origines de la justice, dont il définit si bien la nature, Montesquieu les soupçonne, mais il hésite à les mettre en pleine lumière. Il dit quelque part : « La société est fondée sur un avantage mutuel » (LXXVI); mais il n'ose en conclure que la justice est précisément la garantie de cet avantage mutuel. Il voit dans l'intérêt la source de l'injustice; il n'y voit pas la source de la justice. Unilatéral, l'intérêt conduit à l'injustice; bilatéral, réciproque, l'intérêt conduit à la justice. Cette vérité est incluse dans la théorie de Montesquieu, mais il ne l'en dégage pas. Il sent que la justice dépend des conventions humaines, mais on ne sait quel scrupule le retient : il aime mieux

penser qu'elle est éternelle. Erreur philosophique, verbale plutôt que réelle, et d'ailleurs indifférente dans la conduite des affaires humaines.

En somme, Montesquieu fait deux parts dans les choses : l'une physique, régie par des lois fatales; l'autre morale, humaine, subordonnée à la première, et régie par la justice. De ces principes dérivent ses opinions philosophiques et religieuses.

Les subtilités métaphysiques lui donnent la nausée. Logique et catégories d'Aristote, Scot, Paracelse, Avicenne, Averroës, Porphyre, Plotin, Jamblique, il fait infuser tout cela, non sans amusante irrévérence, et en compose pour son *médecin de province* un violent purgatif (CXLIII). Néanmoins il est déiste, irréligieux, à la façon de Voltaire. Et notons que, de son temps, c'était à peine décent. Le déisme n'a jamais été qu'un euphémisme; et le dieu d'Usbek, « s'il y a un dieu » (LXXXIII) n'est pas gênant : car il est soumis dans le monde physique aux lois immuables et fatales, dans le monde moral à la justice. La prescience lui est refusée, parce qu'elle détruit la liberté humaine, agent nécessaire de la justice (LXIX). Mais qu'est-ce qu'un Dieu sans miracles et sans grâce efficace ? que deviennent la prière, le culte ? Où est l'office, l'utilité quelconque des religions ?

Sous le masque léger de ses Persans, Montesquieu traite avec une extrême liberté les dogmes, le Coran, (les Écritures dont les commentateurs font tout ce qu'ils veulent (CXXXIV) ; les casuistes (LVII), les ascètes, les prophètes, les mystiques, dont les œuvres infusées constituent un excellent vomitif (CXXXIV, CXLIII); les légendes relatives à la naissance, à la mission, à l'enseignement de Mahomet ou d'Ali, « le plus beau des hommes » (le messie) (XXXIX); les chapelets, les rosaires, les pèlerinages, les menues cérémonies ridicules ou insignifiantes, les prescriptions relatives aux jeûnes et aux viandes immondes (XVII, XXIX, XLVI.) Il attaque, avec un sérieux comique, la maxime : hors de l'église point de salut. Il raille l'embarras des religions à déterminer la nature des plaisirs * réservés aux élus, par suite de la résurrection de la chair (XXXV), et ridiculise les paradis par la scabreuse peinture des voluptés

* Voir dans l'*Étude sur les doctrines sociales du christianisme*, par Yves Guyot et Sigismond Lacroix (in-12, Brouillet éditeur) les curieuses promesses des premiers pères : « Les jeunes filles s'y divertiront (dans le Paradis) avec de jeunes garçons; les vieillards auront les mêmes priviléges, et leurs chagrins se convertiront en plaisirs... » IRÉNÉE.

« Pendant mille ans, les justes qui seront vivants au moment de la Jérusalem céleste y procréeront un nombre infini d'enfants qui seront saints et chers à Dieu. » LACTANCE.

qui inondent le corps glorieux de l'immortelle Anaïs (CXXV).

Il définit le pape « une vieille idole qu'on encense par habitude, un grand magicien, » qui fait croire « que trois ne sont qu'le pain qu'on mange n'est pas du pain, » les évêques, des gens de loi qui dispensent, à prix d'argent, d'obéir à la loi; les prêtres et les dervis, des eunuques volontaires enrichis par leur vœu de pauvreté. Il s'indigne contre l'hypocrite férocité de l'inquisition (XXIX, LXXVIII); il maudit l'intolérance, le prosélytisme, « esprit de vertige, éclipse entière de la raison humaine » (LXXXV).

Enfin, il bat, les uns sur le dos des autres, christianisme, mahométisme, judaïsme, et les humilie devant la pureté et la spiritualité (quelque peu supposées) du mazdéisme (LXVII). C'est que Montesquieu tient à extraire de toutes les religions positives un fond commun, naturel, sorte d'innocente théophilanthropie à laquelle se cramponnent, aujourd'hui encore, un certain nombre d'esprits à demi émancipés, et dont les pompes sentimentales et champêtres s'étalent dans l'épisode des Troglodytes (XII). Cette religion naturelle a ses dangers pour les âmes tendres et, pratiquée par Rousseau ou Robespierre, nous ramène tout droit aux orthodoxies dont nous sortons à peine, après tant de siècles d'abaissement intellectuel. Mais, dans l'esprit d'un Montesquieu, elle n'a rien de contraignant, car elle n'existe pas, n'étant qu'un mot pour caractériser et sanctifier le respect des lois, l'exercice de la justice, l'amour des hommes et la pratique de la vertu.

Les dévots ne s'y trompaient pas. L'homme qui a écrit : « Dans l'état présent où est l'Europe, il n'est pas possible que la religion catholique y subsiste cinq cents ans » (CXVII); l'homme qui voit dans « l'idée de la divinité... une énumération de toutes les perfections différentes que l'homme est capable d'avoir et d'imaginer » (LXIX); cet homme est un impie, et l'abbé Gaultier a raison quand il s'écrie : « Si le Persan avance quelque impiété, on dit; C'est un Persan! mais ce Persan qui parle est un François très-connu, qui met dans la bouche du Persan ce qu'il pense, lui François, en matière de religion. » Et il ajoute : « Est-il rien de plus humiliant pour nous, qu'un livre qui contient ces blasphèmes ait été lu, recherché, applaudi dans le royaume, et que les éditions se soient multipliées, sans que la puissance spirituelle *ni la temporelle* se soient armées pour venger la majesté de Dieu de l'outrage d'un chétif mortel ? .. Est-ce à dire que Descartes, Newton, et les philosophes modernes » (sauf Malebranche) « ont raisonné mieux que Moïse ?... Les philosophes *athées ou déistes* font le monde éternel... Un déiste compte pour rien tous les miracles sur lesquels la religion chrétienne est

fondée!... Encore une fois, à quoi mènent ces connoissances? »
(Maudite galère!)

Le digne père n'en revient pas. Il lâche des phrases dignes
de Molière : « Voilà ce qu'on ne peut entendre sans se boucher
les oreilles! » Et ce ne sont que des : Chétif mortel! Fantaisies
d'un petit écrivain! Discours plein d'impiété! L'impiété saute
aux yeux! Plaisant réformateur! Ame de boue! Les hommes
transformés en étalons! Dérangement de l'esprit et corruption
du cœur! Avec les pourceaux, on se tait!

L'abbé, cessez de gémir. Les Lettres persanes sont bien et
dûment *convaincues d'impiété.*

Partout Montesquieu est fidèle à son principe.

En morale sociale, il se prononce pour la liberté et l'égalité,
seules compatibles avec la justice, seules favorables à l'accom-
plissement du but que se propose toute société, l'avantage mu-
tuel, à la propagation de l'espèce, au développement des riches-
ses par le travail et les arts (CXXII). La liberté et l'égalité, il
les réclame dans la société : et il combat l'esclavage, conservé
par des princes chrétiens dans les pays où il leur profite ; dans
la famille (sauf en ce qui concerne l'autorité paternelle dont il
s'exagère l'importance) : et il réclame le rétablissement du divorce
(CXVI) ; et il déclare que notre empire sur les femmes est une
véritable tyrannie!... que, « les forces seraient égales, si l'édu-
cation l'était aussi » (XXXVIII) ; et il condamne la polygamie
au nom de la dignité des femmes (CXIV), comme le célibat au
nom de la loi naturelle (CXVII).

En législation, il réclame des pénalités sagement graduées, et
des châtiments modérés, aussi redoutés et moins dangereux que
les supplices insensés et les tortures arbitraires (LXXX).

En politique intérieure, ennemi déclaré du despotisme, qui
anéantit le ressort moral, les forces vives des sociétés, et pro-
voque des révolutions toujours légitimes (LXXX, LXXXIX,
CII, CIII), il juge avec une sévère clairvoyance ce Louis XIV
qui a fait illusion à Voltaire lui-même (XXIV, XXXVII, XCII).
Pour lui, le gouvernement « le plus parfait est celui qui va à
son but à moins de frais ; celui qui conduit les hommes de la
manière qui convient le mieux à leur penchant et à leur incli-
nation » (LXXV). De là à la république il n'y a qu'un pas, et
Montesquieu le fait. Son histoire des Troglodytes (XI-XIV)
conclut énergiquement à la république. Les républiques de Suisse
et de Hollande sont placées haut dans son estime (CXXII). C'est
de lui qu'est cette noble pensée : « Le sanctuaire de l'honneur,
de la réputation et de la vertu semble être établi dans les répu-
bliques et dans les pays où l'on peut prononcer le mot de patrie. »
Il est moins net et moins affirmatif dans l'Esprit des lois.

Sa politique extérieure est dominée tout entière par la né-
cessité de la Justice. Il n'admet point de différence originelle
entre le droit privé et le droit public.

« On diroit, Rhédi, qu'il y a deux justices différentes : l'une,
qui règle les affaires des particuliers, qui règne dans le droit
civil ; l'autre, qui règle les différends qui surviennent de peuple
à peuple, qui *tyrannise* dans le droit public : *comme si le droit
public n'étoit pas lui-même un droit civil,* non pas à la vérité d'un
pays particulier, mais du monde » (XCIV). « Dans cette seconde
distribution de la justice, on ne peut employer d'autres maxi-
mes que dans la première. » Partant de là, il établit quelles sont
les guerres justes et les guerres injustes, condamne expressé-
ment celles qui ont pour motif « les querelles particulières du
prince » ou quelque manque d'égards pour un ambassadeur, et
approuve celles qui sont entreprises pour la défense du terri-
toire ou d'un allié. « La conquête, dit-il, ne donne point un droit
par elle-même... Les traités de paix sont légitimes, lorsque les
conditions en sont telles, que les deux peuples peuvent se con-
server : sans quoi, celle des deux sociétés qui doit périr, privée
de sa défense naturelle par la paix, la peut chercher dans la
guerre. » (XCV).

Enseignements profonds, bons à méditer dans les temps où
le droit public « est une science qui apprend aux princes (aux
assemblées, aux gouvernants quels qu'ils soient) jusqu'à quel
point ils peuvent violer la justice, sans choquer leurs intérêts »
(XCIV).

La doctrine de Montesquieu consiste donc tout entière dans
la substitution de la justice à l'arbitraire royal, clérical ou di-
vin. Ce sera son éternel honneur, d'avoir libéré la justice des
religions et des théories autoritaires. « Domat exige que la jus-
tice soit chrétienne, le xviiie siècle demande si le christianisme
est juste » (Michelet). Montesquieu a déchristianisé le droit.

Au moment où la réaction religieuse, philosophique et poli-
tique tente un suprême et redoutable effort pour tirer l'huma-
nité en arrière, il a semblé opportun de remettre sous les yeux
de ceux qui savent relire tant de vérités de tous les siècles, tant
de fines railleries et de réflexions fortes sur les vices, les maux
et les hommes dont nous souffrons plus que jamais. Si les Lettres
persanes n'ont pas vieilli, si elles sont menacées, pour ainsi dire,
d'une éternelle jeunesse, ce n'est point parce que, sur le canevas
léger et commode d'un petit roman oriental aussi simple que bien
conduit, parmi d'aimables digressions discrètement voluptueuses,
sûres amorces jetées au lecteur français, Montesquieu a brodé,
avec une précision un peu sèche mais toujours piquante, une

peinture de la société française sous la régence, les portraits de ces
ennemis publics qu'on nomme les prêtres intrigants et intolérants,
les agioteurs sans vergogne, les beaux esprits frivoles, les hommes
à bonnes fortunes, les juges négligents ou partiaux, les généraux
vantards, les rois exploiteurs, les bourgeois infatués, les courti-
sans ridicules, tout ce passé véreux qui n'est pas extirpé encore.
Non. Mais c'est parce que l'œuvre, plus primesautière et plus
hardie que l'Esprit des lois, plus ramassée aussi et plus concise,
touche librement à toutes les grandes questions qui divisent
l'humanité, depuis l'existence de Dieu jusqu'à la forme du gou-
vernement, en passant par le mariage et la condition des fem-
mes. De pareils livres sont écrits pour l'avenir.

Charles de Secondat, baron de la Brède et de MONTESQUIEU,
né le 18 janvier 1689, mort le 10 février 1755, est en avant de
ce siècle ; il est devant nous et non derrière l'horizon.

Écoutez Michelet :

« Il faut être bien étourdi et bien léger soi-même pour trouver
son livre léger. A chaque instant il est terrible. Les satires de Vol-
taire sont si débonnaires à côté ! La différence est grande. Voltaire
est libre par le monde. Montesquieu est un prisonnier » (de la
robe). « L'œuvre est moins merveilleuse encore que le secret, la
patience qui la préparent, ce recueillement redoutable du solitaire
en pleine foule. Grande leçon ! Qu'ils apprennent de là, les pri-
sonniers qui se croient impuissants, combien la prison sert,
comme en prison le fer devient acier ! qu'ils apprennent, les
hésitants, les maladroits, à affiler la lame... C'est un esprit se-
rein, mondain, ce semble, et pacifique, qui fait en riant voler,
briller le glaive... Jamais main plus légère. L'Orient lui apprit
à jouer du damas. En badinant, il décapite un monde..., il accom-
plit la radicale exécution, l'extermination du passé » et, dans
l'éclair du glaive, « il fait voir l'avenir ! »

ANDRÉ LEFÈVRE.

QUELQUES RÉFLEXIONS

SUR

LES LETTRES PERSANES.

(1754)

Rᴉᴇɴ n'a plu davantage dans les Lettres persa-
nes, que d'y trouver, sans y penser, une espèce
de roman. On en voit le commencement, le pro-
grès, la fin : les divers personnages sont placés
dans une chaîne qui les lie. A mesure qu'ils font
un plus long séjour en Europe, les mœurs de cette
partie du monde prennent dans leur tête un air
moins merveilleux et moins bizarre ; et ils sont
plus ou moins frappés de ce bizarre et de ce mer-
veilleux, suivant la différence de leurs caractères.
D'un autre côté, le désordre croît dans le sérail
d'Asie à proportion de la longueur de l'absence
d'Usbek, c'est-à-dire à mesure que la fureur aug-
mente et que l'amour diminue.

D'ailleurs, ces sortes de romans réussissent or-
dinairement, parce que l'on rend compte soi-

même de sa situation actuelle ; ce qui fait plus sentir les passions que tous les récits qu'on en pourroit faire. Et c'est une des causes du succès de quelques ouvrages charmants qui ont paru depuis les Lettres persanes.

Enfin, dans les romans ordinaires, les digressions ne peuvent être permises que lorsqu'elles forment elles-mêmes un nouveau roman. On n'y sauroit mêler de raisonnements, parce qu'aucuns des personnages n'y ayant été assemblés pour raisonner, cela choqueroit le dessein et la nature de l'ouvrage. Mais, dans la forme des lettres, où les acteurs ne sont pas choisis, et où les sujets qu'on traite ne sont dépendants d'aucun dessein ou d'aucun plan déjà formé, l'auteur s'est donné l'avantage de pouvoir joindre de la philosophie, de la politique et de la morale à un roman, et de lier le tout par une chaîne secrète et, en quelque façon, inconnue.

Les Lettres persanes eurent d'abord un débit si prodigieux, que les libraires mirent tout en usage pour en avoir des suites. Ils alloient tirer par la manche tous ceux qu'ils rencontroient : « Monsieur, disoient-ils, faites-moi des Lettres persanes. »

Mais ce que je viens de dire suffit pour faire voir qu'elles ne sont susceptibles d'aucune suite, encore moins d'aucun mélange avec des lettres écrites d'une autre main, quelque ingénieuses qu'elles puissent être.

Il y a quelques traits que bien des gens ont trouvés bien-hardis ; mais ils sont priés de faire

attention à la nature de cet ouvrage. Les Persans qui doivent y jouer un si grand rôle se trouvoient tout à coup transplantés en Europe, c'est-à-dire dans un autre univers. Il y avoit un temps où il falloit nécessairement les représenter pleins d'ignorance et de préjugés : on n'étoit attentif qu'à faire voir la génération et le progrès de leurs idées. Leurs premières pensées devoient être singulières : il sembloit qu'on n'avoit rien à faire qu'à leur donner l'espèce de singularité qui peut compatir avec de l'esprit; on n'avoit à peindre que le sentiment qu'ils avoient eu à chaque chose qui leur avoit paru extraordinaire. Bien loin qu'on pensât à intéresser quelque principe de notre religion, on ne se soupçonnoit pas même d'imprudence. Ces traits se trouvent toujours liés avec le sentiment de surprise et d'étonnement, et point avec l'idée d'examen, et encore moins avec celle de critique. En parlant de notre religion, ces Persans ne doivent pas paroître plus instruits que lorsqu'ils parloient de nos coutumes et de nos usages; et, s'ils trouvent quelquefois nos dogmes singuliers, cette singularité est toujours marquée au coin de la parfaite ignorance des liaisons qu'il y a entre ces dogmes et nos autres vérités.

On fait cette justification par amour pour ces grandes vérités, indépendamment du respect pour le genre humain, que l'on n'a certainement pas voulu frapper par l'endroit le plus tendre. On prie donc le lecteur de ne pas cesser un moment de regarder les traits dont je parle comme des

*effets de la surprise de gens qui devoient en avoir,
ou comme des paradoxes faits par des hommes
qui n'étoient pas même en état d'en faire. Il est
prié de faire attention que tout l'agrément con-
sistoit dans le contraste éternel entre les choses
réelles et la manière singulière, naïve ou bizarre,
dont elles étoient aperçues. Certainement la na-
ture et le dessein des Lettres persanes sont si à
découvert, qu'elles ne tromperont jamais que ceux
qui voudront se tromper eux-mêmes.*

INTRODUCTION.

(1721)

JE ne fais point ici d'épître dédicatoire, et je ne demande point de protection pour ce livre : on le lira, s'il est bon ; et s'il est mauvais, je ne me soucie pas qu'on le lise.

J'ai détaché ces premières lettres, pour essayer le goût du public : j'en ai un grand nombre d'autres dans mon portefeuille, que je pourrai lui donner dans la suite.

Mais c'est à condition que je ne serai pas connu : car, si l'on vient à savoir mon nom, dès ce moment je me tais. Je connois une femme qui marche assez bien, mais qui boite dès qu'on la regarde. C'est assez des défauts de l'ouvrage, sans que je présente encore à la critique ceux de ma personne. Si l'on savoit qui je suis, on diroit : Son livre jure avec son caractère, il devroit employer son temps à quelque chose de mieux, cela n'est pas digne d'un homme grave. Les critiques ne manquent jamais ces sortes de réflexions, parce qu'on les peut faire sans essayer beaucoup son esprit.

Les Persans qui écrivent ici étoient logés avec moi ; nous passions notre vie ensemble. Comme ils me regardoient comme un homme d'un autre monde, ils ne me cachoient rien. En effet, des gens transplantés de si loin ne pouvoient plus avoir de secrets. Ils me communiquoient la plupart de leurs lettres ; je les copiai. J'en surpris même quelques-unes dont ils se seroient bien gardés de me faire confidence, tant elles étoient mortifiantes pour la vanité et la jalousie persane.

Je ne fais donc que l'office de traducteur : toute ma

peine a été de mettre l'ouvrage à nos mœurs. J'ai sou-
lagé le lecteur du langage asiatique autant que je l'ai
pu, et l'ai sauvé d'une infinité d'expressions sublimes,
qui l'auroient envoyé jusque dans les nues.

Mais ce n'est pas tout ce que j'ai fait pour lui. J'ai
retranché les longs compliments, dont les Orientaux
ne sont pas moins prodigues que nous ; et j'ai passé
un nombre infini de ces minuties qui ont tant de
peine à soutenir le grand jour, et qui doivent toujours
mourir entre deux amis.

Si la plupart de ceux qui nous ont donné des recueils
de lettres avoient fait de même; ils auroient vu leur
ouvrage s'évanouir.

Il y a une chose qui m'a souvent étonné : c'est de
voir ces Persans quelquefois aussi instruits que moi-
même des mœurs et des manières de la nation, jusqu'à
en connoître les plus fines circonstances, et à remar-
quer des choses qui, je suis sûr, ont échappé à bien
des Allemands qui ont voyagé en France. J'attribue
cela au long séjour qu'ils y ont fait : sans compter qu'il
est plus facile à un Asiatique de s'instruire des mœurs
des François dans un an, qu'il ne l'est à un François
de s'instruire des mœurs des Asiatiques dans quatre ;
parce que les uns se livrent autant que les autres se
communiquent peu,

L'usage a permis à tout traducteur, et même au plus
barbare commentateur, d'orner la tête de sa version,
ou de sa glose, du panégyrique de l'original, et d'en
relever l'utilité, le mérite et l'excellence. Je ne l'ai
point fait : on en devinera facilement les raisons. Une
des meilleures est que ce seroit une chose très-en-
-nuyeuse, placée dans un lieu déjà très-ennuyeux de
lui-même, je veux dire une préface.

LETTRES PERSANES

LETTRE I.

USBEK A SON AMI RUSTAN.

A Ispahan.

Nous n'avons séjourné qu'un jour à Com.
Lorsque nous eûmes fait nos dévotions sur
le tombeau de la vierge qui a mis au monde douze
prophètes, nous nous remîmes en chemin, et
hier, vingt-cinquième jour de notre départ d'Is-
pahan, nous arrivâmes à Tauris.

Rica et moi sommes peut-être les premiers
parmi les Persans que l'envie de savoir ait fait
sortir de leur pays, et qui aient renoncé aux dou-
ceurs d'une vie tranquille pour aller chercher la-
borieusement la sagesse.

Nous sommes nés dans un royaume florissant;
mais nous n'avons pas cru que ses bornés fussent
celles de nos connoissances, et que la lumière
orientale dût seule nous éclairer.

Mande-moi ce que l'on dit de notre voyage;
ne me flatte point : je ne compte pas sur un
grand nombre d'approbateurs. Adresse ta lettre à

Erzeron, où je séjournerai quelque temps. Adieu,
mon cher Rustan. Sois'assuré qu'en quelque lieu
du monde où je sois, tu as un ami fidèle.

De Tauris, le 15 de la lune de Saphar, 1711.

LETTRE II.

USBEK AU PREMIER EUNUQUE NOIR.

A son sérail d'Ispahan.

Tu es le gardien fidèle des plus belles femmes
de Perse; je t'ai confié ce que j'avois dans le
monde de plus cher : tu tiens en tes mains les
clefs de ces portes fatales, qui ne s'ouvrent que
pour moi. Tandis que tu veilles sur ce dépôt pré-
cieux de mon cœur, il se repose, et jouit d'une
sécurité entière. Tu fais la garde dans le silence
de la nuit, comme dans le tumulte du jour. Tes
soins infatigables soutiennent la vertu lorsqu'elle
chancelle. Si les femmes que tu gardes vouloient
sortir de leur devoir, tu leur en ferois perdre l'es-
pérance. Tu es le fléau du vice et la colonne de la
fidélité.

Tu leur commandes, et leur obéis. Tu exécutes
aveuglément toutes leurs volontés, et leur fais
exécuter de même les lois du sérail ; tu trouves de
la gloire à leur rendre les services les plus vils ; tu
te soumets avec respect et avec crainte à leurs
ordres légitimes ; tu les sers comme l'esclave de
leurs esclaves. Mais, par un retour d'empire, tu
commandes en maître comme moi-même, quand

tu crains le relâchement des lois de la pudeur et de la modestie.

Souviens-toi toujours du néant d'où je t'ai fait sortir, lorsque tu étois le dernier de mes esclaves, pour te mettre en cette place, et te confier les délices de mon cœur : tiens-toi dans un profond abaissement auprès de celles qui partagent mon amour; mais fais-leur en même temps sentir leur extrême dépendance. Procure-leur tous les plaisirs qui peuvent être innocents; trompe leurs inquiétudes; amuse-les par la musique, les danses, les boissons délicieuses; persuade-leur de s'assembler souvent. Si elles veulent aller à la campagne, tu peux les y mener; mais fais faire main-basse sur tous les hommes qui se présenteront devant elles. Exhorte-les à la propreté, qui est l'image de la netteté de l'âme; parle-leur quelquefois de moi. Je voudrois les revoir dans ce lieu charmant qu'elles embellissent. Adieu.

De Tauris, le 18 de la lune de Saphar, 1711.

LETTRE III.

ZACHI A USBEK.

A Tauris.

Nous avons ordonné au chef des eunuques de nous mener à la campagne; il te dira qu'aucun accident ne nous est arrivé. Quand il fallut traverser la rivière et quitter nos litières, nous nous mîmes, selon la coutume, dans des boîtes : deux

esclaves nous portèrent sur leurs épaules, et nous échappâmes à tous les regards.

Comment aurois-je pu vivre, cher Usbek, dans ton sérail d'Ispahan; dans ces lieux qui, me rappelant sans cesse mes plaisirs passés, irritoient tous les jours mes désirs avec une nouvelle violence? J'errois d'appartements en appartements, te cherchant toujours et ne te trouvant jamais, mais rencontrant partout un cruel souvenir de ma félicité passée. Tantôt je me voyois en ce lieu où, pour la première fois de ma vie, je te reçus dans mes bras; tantôt dans celui où tu décidas cette fameuse querelle entre tes femmes. Chacune de nous se prétendoit supérieure aux autres en beauté. Nous nous présentâmes devant toi, après avoir épuisé tout ce que l'imagination peut fournir de parures et d'ornements : tu vis avec plaisir les miracles de notre art; tu admiras jusqu'où nous avoit emportées l'ardeur de te plaire. Mais tu fis bientôt céder ces charmes empruntés à des grâces plus naturelles; tu détruisis tout notre ouvrage : il fallut nous dépouiller de ces ornements qui t'étoient devenus incommodes; il fallut paroître à ta vue dans la simplicité de la nature. Je comptai pour rien la pudeur, je ne pensai qu'à ma gloire. Heureux Usbek, que de charmes furent étalés à tes yeux! nous te vîmes longtemps errer d'enchantements en enchantements : ton âme incertaine demeura longtemps sans se fixer, chaque grâce nouvelle te demandoit un tribut, nous fûmes en un moment toutes couvertes de tes baisers; tu portas tes curieux regards dans les lieux les plus secrets; tu nous fis passer en un instant dans mille situations différentes; toujours de nouveaux commandements, et une obéissance toujours

nouvelle. Je te l'avoue, Usbek, une passion encore plus vive que l'ambition me fit souhaiter de te plaire. Je me vis insensiblement devenir la maîtresse de ton cœur; tu me pris, tu me quittas, tu revins à moi, et je sus te retenir : le triomphe fut tout pour moi, et le désespoir pour mes rivales. Il nous sembla que nous fussions seuls dans le monde : tout ce qui nous entouroit ne fut plus digne de nous occuper. Plût au ciel que mes rivales eussent eu le courage de rester témoins de toutes les marques d'amour que je reçus de toi! Si elles avoient bien vu mes transports, elles auroient senti la différence qu'il y a de mon amour au leur; elles auroient vu que, si elles pouvoient disputer avec moi de charmes, elles ne pouvoient pas disputer de sensibilité... Mais où suis-je? Où m'emmène ce vain récit? C'est un malheur de n'être point aimée; mais c'est un affront de ne l'être plus. Tu nous quittes, Usbek, pour aller errer dans des climats barbares. Quoi! tu comptes pour rien l'avantage d'être aimé? Hélas! tu ne sais pas même ce que tu perds! Je pousse des soupirs qui ne sont point entendus; mes larmes coulent, et tu n'en jouis pas; il semble que l'amour respire dans le sérail, et ton insensibilité t'en éloigne sans cesse! Ah! mon cher Usbek, si tu savois être heureux!

Du sérail de Fatmé, le 21 de la lune de Maharram, 1711.

LETTRE IV.

ZÉPHIS A USBEK.

A Erzeron.

ENFIN ce monstre noir a résolu de me désespérer. Il veut à toute force m'ôter mon esclave Zélide, Zélide qui me sert avec tant d'affection, et dont les adroites mains portent partout les ornements et les grâces; il ne lui suffit pas que cette séparation soit douloureuse, il veut encore qu'elle soit déshonorante. Le traître veut regarder comme criminels les motifs de ma confiance; et parce qu'il s'ennuie derrière la porte, où je le renvoie toujours, il ose supposer qu'il a entendu ou vu des choses, que je ne sais pas même imaginer. Je suis bien malheureuse! Ma retraite, ni ma vertu, ne sauroient me mettre à l'abri de ses soupçons extravagants : un vil esclave vient m'attaquer jusque dans ton cœur, et il faut que je m'y défende! Non, j'ai trop de respect pour moi-même pour descendre jusqu'à des justifications : je ne veux d'autre garant de ma conduite que toi-même, que ton amour, que le mien, et, s'il faut te le dire, cher Usbek, que mes larmes.

Du sérail de Fatmé, le 29 de la lune de Maharram, 1711.

LETTRE V.

RUSTAN A USBÉK

A Erzeron.

Tu es le sujet de toutes les conversations d'Ispahan; on ne parle que de ton départ: les uns l'attribuent à une légèreté d'esprit, les autres à quelque chagrin ; tes amis seuls te défendent, et ils ne persuadent personne. On ne peut comprendre que tu puisses quitter tes femmes, tes parents, tes amis, ta patrie, pour aller dans des climats inconnus aux Persans. La mère de Rica est inconsolable; elle te demande son fils, que tu lui as, dit-elle, enlevé. Pour moi, mon cher Usbek, je me sens naturellement porté à approuver tout ce que tu fais: mais je ne saurois te pardonner ton absence; et, quelques raisons que tu m'en puisses donner, mon cœur ne les goûtera jamais. Adieu. Aime-moi toujours.

D'Ispahan, le 28 de la lune de Rebiab 1, 1711.

LETTRE VI.

USBEK A SON AMI NESSIR.

A Ispahan.

A une journée d'Érivan nous quittâmes la Perse pour entrer dans les terres de l'obéissance

des Turcs. Douze jours après, nous arrivâmes à
Erzeron, où nous séjournerons trois ou quatre
mois.

Il faut que je te l'avoue, Nessir; j'ai senti
une douleur secrète quand j'ai perdu la Perse de
vue, et que je me suis trouvé au milieu des perfi-
des 'Osmanlins. A mesure que j'entrois dans le
pays de ces profanes, il me sembloit que je de-
venois profane moi-même.

Ma patrie, ma famille, mes amis, se sont pré-
sentés à mon esprit; ma tendresse s'est réveillée;
une certaine inquiétude a achevé de me trou-
bler, et m'a fait connoître que, pour mon repos,
j'avois trop entrepris.

Mais ce qui afflige le plus mon cœur, ce sont
mes femmes. Je ne puis penser à elles que je ne
sois dévoré de chagrins.

Ce n'est pas, Nessir, que je les aime: je me
trouve à cet égard dans une insensibilité qui ne
me laisse point de désirs. Dans le nombreux sérail
où j'ai vécu, j'ai prévenu l'amour, et l'ai détruit
par lui-même: mais, de ma froideur même, il
sort une jalousie secrète qui me dévore. Je vois
une troupe de femmes laissées presque à elles-
mêmes; je n'ai que des âmes lâches qui m'en
répondent. J'aurois peine à être en sûreté, si mes
esclaves étoient fidèles: que sera-ce, s'ils ne le sont
pas? Quelles tristes nouvelles peuvent m'en venir,
dans les pays éloignés que je vais parcourir!
C'est un mal où mes amis ne peuvent porter
de remède: c'est un lieu dont ils doivent ignorer
les tristes secrets; et qu'y pourroient-ils faire?
N'aimerois-je pas mille fois mieux une obscure
impunité qu'une correction éclatante? Je dépose
en ton cœur tous mes chagrins, mon cher

Nessir : c'est la seule consolation qui me reste dans l'état où je suis.

D'Erzeron, le 10 de la lune de Rebiab 2, 1711.

LETTRE VII.

FATMÉ A USBEK.

A Erzeron.

IL y a deux mois que tu es parti, mon cher Usbek ; et, dans l'abattement où je suis, je ne puis pas me le persuader encore. Je cours tout le sérail comme si tu y étois ; je ne suis point désabusée. Que veux-tu que devienne une femme qui t'aime ; qui étoit accoutumée à te tenir dans ses bras ; qui n'étoit occupée que du soin de te donner des preuves de sa tendresse ; libre par l'avantage de sa naissance, esclave par la violence de son amour ?

Quand je t'épousai, mes yeux n'avoient point encore vu le visage d'un homme : tu es le seul dont la vue m'ait été permise* ; car je ne compte point au rang des hommes ces eunuques affreux dont la moindre imperfection est de n'être point des hommes. Quant je compare la beauté de ton visage avec la difformité du leur, je ne puis m'empêcher de m'estimer heureuse : mon imagination ne me fournit point d'idée plus ravissante que les charmes enchanteurs de ta personne. Je te le jure, Usbek, quand il me seroit permis

* Les femmes persanes sont beaucoup plus étroitement gardées que les femmes turques et les femmes indiennes.

de sortir de ce lieu où je suis enfermée par la
nécessité de ma condition ; quand je pourrois me
dérober à la garde qui m'environne ; quand il
me seroit permis de choisir parmi tous les
hommes qui vivent dans cette capitale des na-
tions ; Usbek, je te le jure, je ne choisirois que
toi. Il ne peut y avoir que toi dans le monde qui
mérites d'être aimé.

Ne pense pas que ton absence m'ait fait né-
gliger une beauté qui t'est chère : quoique je ne
doive être vue de personne, et que les ornements
dont je me pare soient inutiles à ton bonheur,
je cherche cependant à m'entretenir dans l'habi-
tude de plaire ; je ne me couche point que je
ne sois parfumée des essences les plus délicieuses.
Je me rappelle ce temps heureux où tu venois
dans mes bras ; un songe flatteur, qui me séduit,
me montre ce cher objet de mon amour ; mon
imagination se perd dans ses désirs, comme elle
se flatte dans ses espérances : je pense quelque-
fois que, dégoûté d'un pénible voyage, tu vas
revenir à nous : la nuit se passe dans des son-
ges qui n'appartiennent ni à la veille ni au som-
meil ; je te cherche à mes côtés, et il me semble
que tu me fuis ; enfin le feu qui me dévore dissipe
lui-même ces enchantements, et rappelle mes es-
prits. Je me trouve pour lors si animée... Tu ne
le croirois pas, Usbek ; il est impossible de vivre
dans cet état ; le feu coule dans mes veines : que
ne puis-je t'exprimer ce que je sens si bien ? et
comment sens-je si bien ce que je ne puis t'ex-
primer ? Dans ces moments, Usbek, je donnerois
l'empire du monde pour un seul de tes baisers.
Qu'une femme est malheureuse d'avoir des désirs
si violents, lorsqu'elle est privée de celui qui peut

seul les satisfaire ; que, livrée à elle-même, n'ayant rien qui puisse la distraire, il faut qu'elle vive dans l'habitude des soupirs et dans la fureur d'une passion irritée ; que, bien loin d'être heureuse, elle n'a pas même l'avantage de servir à la félicité d'un autre : ornement inutile d'un sérail, gardée pour l'honneur et non pas pour le bonheur de son époux !

Vous êtes bien cruels, vous autres hommes ! Vous êtes charmés que nous ayons des désirs que nous ne puissions pas satisfaire : vous nous traitez comme si nous étions insensibles, et vous seriez bien fâchés que nous le fussions : vous croyez que nos désirs, si longtemps mortifiés, seront irrités à votre vue. Il y a de la peine à se faire aimer ; il est plus court d'obtenir de notre tempérament ce que vous n'osez espérer de votre mérite.

Adieu, mon cher Usbek, adieu. Compte que je ne vis que pour t'adorer : mon âme est toute pleine de toi ; et ton absence, bien loin de te faire oublier, animeroit mon amour s'il pouvoit devenir plus violent.

Du sérail d'Ispahan, le 12 de la lune de Rebiab 1, 1711.

LETTRE VIII.

USBEK A SON AMI RUSTAN.

A Ispahan.

TA lettre m'a été rendue à Erzeron, où je suis. Je m'étois bien douté que mon départ feroit du bruit : je ne m'en suis point mis en

peine : que veux-tu que je suive, la prudence de mes ennemis, ou la mienne ?

Je parus à la cour dès ma plus tendre jeunesse ; je le puis dire, mon cœur ne s'y corrompit point : je formai même un grand dessein, j'osai y être vertueux. Dès que je connus le vice, je m'en éloignai ; mais je m'en approchai ensuite pour le démasquer. Je portai la vérité jusqu'au pied du trône : j'y parlai un langage jusqu'alors inconnu ; je déconcertai la flatterie, et j'étonnai en même temps les adorateurs et l'idole.

Mais quand je vis que ma sincérité m'avoit fait des ennemis ; que je m'étois attiré la jalousie des ministres sans avoir la faveur du prince ; que, dans une cour corrompue, je ne me soutenois plus que par une foible vertu, je résolus de la quitter. Je feignis un grand attachement pour les sciences ; et, à force de feindre, il me vint réellement. Je ne me mêlai plus d'aucunes affaires, et je me retirai dans une maison de campagne. Mais ce parti même avoit ses inconvénients : je restois toujours exposé à la malice de mes ennemis, et je m'étois presque ôté les moyens de m'en garantir. Quelques avis secrets me firent penser à moi sérieusement : je résolus de m'exiler de ma patrie, et ma retraite même de la cour m'en fournit un motif plausible. J'allai au roi ; je lui marquai l'envie que j'avois de m'instruire dans les sciences de l'Occident ; je lui insinuai qu'il pourroit tirer de l'utilité de mes voyages : je trouvai grâce devant ses yeux ; je partis, et je dérobai une victime à mes ennemis.

Voilà, Rustan, le véritable motif de mon voyage. Laisse parler Ispahan ; ne me défends

que devant ceux qui m'aiment. Laisse à mes
ennemis leurs interprétations malignes : je suis
trop heureux que ce soit le seul mal qu'ils me
puissent faire.

On parle de moi à présent : peut-être ne serai-
je que trop oublié, et que mes amis... Non,
Rustan, je ne veux point me livrer à cette triste
pensée : je leur serai toujours cher ; je compte
sur leur fidélité, comme sur la tienne.

D'Erzeron, le 20 de la lune de Gemmadi·2, 1711.

LETTRE IX.

LE PREMIER EUNUQUE A IBBI.

A Erzeron.

Tu suis ton ancien maître dans ses voyages ;
tu parcours les provinces et les royaumes ; les
chagrins ne sauroient faire d'impression sur toi ;
chaque instant te montre des choses nouvelles ;
tout ce que tu vois te récrée, et te fait passer le
temps sans le sentir.

Il n'en est pas de même de moi, qui, enfermé
dans une affreuse prison, suis toujours environné
des mêmes objets et dévoré des mêmes chagrins.
Je gémis accablé sous le poids des soins et des
inquiétudes de cinquante années ; et, dans le
cours d'une longue vie, je ne puis pas dire avoir
eu un jour serein et un moment tranquille.

Lorsque mon premier maître eut formé le cruel
projet de me confier ses femmes, et m'eut obligé,

par des séductions soutenues de mille ménaces,
de me séparer pour jamais de moi-même; las
de servir dans les emplois les plus pénibles, je
comptai sacrifier mes passions à mon repos et à
ma fortune. Malheureux que j'étois! mon esprit
préoccupé me faisoit voir le dédommagement, et
non pas la perte: j'espérois que je serois délivré
des atteintes de l'amour par l'impuissance de le
satisfaire. Hélas! on éteignit en moi l'effet des
passions, sans en éteindre la cause; et, bien loin
d'en être soulagé, je me trouvai environné d'ob-
jets qui les irritoient sans cesse. J'entrai dans le
sérail, où tout m'inspiroit le regret de ce que
j'avois perdu : je me sentois animé à chaque ins-
tant; mille grâces naturelles sembloient ne se dé-
couvrir à ma vue que pour me désoler; pour
comble de malheurs, j'avois toujours devant les
yeux un homme heureux. Dans ce temps de
trouble, je n'ai jamais conduit une femme dans
le lit de mon maître, je ne l'ai jamais désha-
billée, que je ne sois rentré chez moi la rage
dans le cœur, et un affreux désespoir dans l'âme.

. Voilà comme j'ai passé ma misérable jeunesse:
je n'avois de confident que moi-même. Chargé
d'ennuis et de chagrins, il me les falloit dévorer;
et ces mêmes femmes que j'étois tenté de re-
garder avec des yeux si tendres, je ne les envi-
sageois qu'avec des regards sévères : j'étois perdu
si elles m'avoient pénétré; quel avantage n'en
auroient-elles pas pris!

Je me souviens qu'un jour que je mettois une
femme dans le bain, je me sentis si transporté que
je perdis entièrement la raison, et que j'osai
porter ma main dans un lieu redoutable. Je crus,
à la première réflexion, que ce jour étoit le

dernier de mes jours. Je fus pourtant assez heureux pour échapper à mille morts; mais la beauté que j'avois faite confidente de ma faiblesse me vendit bien cher son silence; je perdis entièrement mon autorité sur elle, et elle m'a obligé depuis à des condescendances qui m'ont exposé mille fois à perdre la vie.

Enfin les feux de la jeunesse ont passé; je suis vieux, et je me trouve, à cet égard, dans un état tranquille; je regarde les femmes avec indifférence, et je leur rends bien tous leurs mépris, et tous les tourments qu'elles m'ont fait souffrir. Je me souviens toujours que j'étois né pour les commander; et il me semble que je redeviens homme dans les occasions où je leur commande encore. Je les hais depuis que je les envisage de sang-froid, et que ma raison me laisse voir toutes leurs foiblesses. Quoique je les garde pour un autre, le plaisir de me faire obéir me donne une joie secrète; quand je les prive de tout, il me semble que c'est pour moi, et il m'en revient toujours une satisfaction indirecte : je me trouve dans le sérail comme dans un petit empire; et mon ambition, la seule passion qui me reste, se satisfait un peu. Je vois avec plaisir que tout roule sur moi, et qu'à tous les instants je suis nécessaire; je me charge volontiers de la haine de toutes ces femmes, qui m'affermit dans le poste où je suis. Aussi n'ont-elles pas affaire à un ingrat : elles me trouvent au-devant de tous leurs plaisirs les plus innocents, je me présente toujours à elles comme une barrière inébranlable; elles forment des projets, et je les arrête soudain : je m'arme de refus, je me hérisse de scrupules; je n'ai jamais dans la bouche que les mots de

devoir, de vertu, de pudeur, de modestie. Je les
désespère, en leur parlant sans cesse de la foi-
blesse de leur sexe, et de l'autorité du maître ; je
me plains ensuite d'être obligé à tant de sévérité,
et je semble vouloir leur faire entendre que je
n'ai d'autre motif que leur propre intérêt, et un
grand attachement pour elles.

Ce n'est pas qu'à mon tour je n'aie un nombre
infini de désagréments, et que tous les jours ces
femmes vindicatives ne cherchent à renchérir
sur ceux que je leur donne : elles ont des revers
terribles. Il y a entre nous comme un flux et
un reflux d'empire et de soumission : elles font
toujours tomber sur moi les emplois les plus hu-
miliants ; elles affectent un mépris qui n'a point
d'exemple ; et, sans égard pour ma vieillesse, elles
me font lever, la nuit, dix fois pour la moindre
bagatelle ; je suis accablé sans cesse d'ordres, de
commandements, d'emplois, de caprices ; il sem-
ble qu'elles se relayent pour m'exercer, et que
leurs fantaisies se succèdent. Souvent elles se
plaisent à me faire redoubler de soins ; elles me
font faire de fausses confidences : tantôt on vient
me dire qu'il a paru un jeune homme autour
de ces murs, une autre fois qu'on a entendu du
bruit, ou bien qu'on doit rendre une lettre :
tout ceci me trouble, et elles rient de ce trouble ;
elles sont charmées de me voir ainsi me tour-
menter moi-même. Une autre fois elles m'atta-
chent derrière leur porte, et m'y enchaînent nuit
et jour. Elles savent bien feindre des maladies,
des défaillances, des frayeurs : elles ne manquent
point de prétexte pour me mener au point où elles
veulent. Il faut, dans ces occasions, une obéis-
sance aveugle et une complaisance sans bornes :

un refus dans la bouche d'un homme comme moi seroit une chose inouïe; et si je balançois à leur obéir, elles seroient en droit de me châtier. J'aimerois autant perdre la vie, mon cher Ibbi, que de descendre à cette humiliation.

Ce n'est pas tout : je ne suis jamais sûr d'être un instant dans la faveur de mon maître ; j'ai autant d'ennemies dans son cœur, qui ne songent qu'à me perdre : elles ont des quarts d'heure où je ne suis point écouté, des quarts d'heure où l'on ne refuse rien, des quarts d'heure où j'ai toujours tort. Je mène dans le lit de mon maître des femmes irritées : crois-tu que l'on y travaille pour moi, et que mon parti soit le plus fort ? J'ai tout à craindre de leurs larmes, de leurs soupirs, de leurs embrassements, et de leurs plaisirs mêmes : elles sont dans le lieu de leurs triomphes; leurs charmes me deviennent terribles : les services présents effacent dans un moment tous mes services passés; et rien ne peut me répondre d'un maître qui n'est plus à lui-même.

Combien de fois m'est-il arrivé de me coucher dans la faveur, et de me lever dans la disgrâce! Le jour que je fus fouetté si indignement autour du sérail, qu'avois-je fait? Je laisse une femme dans les bras de mon maître : dès qu'elle le vit enflammé, elle versa un torrent de larmes; elle se plaignit, et ménagea si bien ses plaintes, qu'elles augmentoient à mesure de l'amour qu'elle faisoit naître. Comment aurois-je pu me soutenir dans un moment si critique ? Je fus perdu lorsque je m'y attendois le moins; je fus la victime d'une négociation amoureuse, et d'un traité que les soupirs avoient fait. Voilà, cher Ibbi, l'état cruel dans lequel j'ai toujours vécu.

Que tu es heureux! tes soins se bornent uniquement à la personne d'Usbek. Il t'est facile de lui plaire et de te maintenir dans sa faveur jusques au dernier de tes jours.

Du sérail d'Ispahan, le dernier de la lune de Saphar, 1711.

LETTRE X.

MIRZA A SON AMI USBEK.

A Erzeron.

Tu étois le seul qui pût me dédommager de l'absence de Rica; et il n'y avoit que Rica qui pût me consoler de la tienne. Tu nous manques, Usbek : tu étois l'âme de notre société. Qu'il faut de violence pour rompre les engagements que le cœur et l'esprit ont formés!

Nous disputons ici beaucoup; nos disputes roulent ordinairement sur la morale. Hier on mit en question si les hommes étoient heureux par les plaisirs et les satisfactions des sens, ou par la pratique de la vertu. Je t'ai souvent ouï dire que les hommes étoient nés pour être vertueux, et que la justice est une qualité qui leur est aussi propre que l'existence. Explique-moi, je te prie, ce que tu veux dire.

J'ai parlé à des mollaks, qui me désespèrent avec leurs passages de l'Alcoran : car je ne leur parle pas comme vrai croyant, mais comme homme, comme citoyen, comme père de famille. Adieu.

D'Ispahan, le dernier de la lune de Saphar, 1711.

LETTRE XI.

USBEK A MIRZA.

A Ispahan.

Tu renonces à ta raison pour essayer la mienne; tu descends jusqu'à me consulter; tu me crois capable de t'instruire. Mon cher Mirza, il y a une chose qui me flatte encore plus que la bonne opinion que tu as conçue de moi : c'est ton amitié, qui me la procure.

Pour remplir ce que tu me prescris, je n'ai pas cru devoir employer des raisonnements fort abstraits. Il y a de certaines vérités qu'il ne suffit pas de persuader, mais qu'il faut encore faire sentir : telles sont les vérités de morale. Peut-être que ce morceau d'histoire te touchera plus qu'une philosophie subtile.

Il y avoit en Arabie un petit peuple, appelé Troglodyte, qui descendoit de ces anciens Troglodytes qui, si nous en croyons les historiens, ressembloient plus à des bêtes qu'à des hommes. Ceux-ci n'étoient point si contrefaits, ils n'étoient point velus comme des ours, ils ne siffloient point, ils avoient des yeux; mais ils étoient si méchants et si féroces, qu'il n'y avoit parmi eux aucun principe d'équité ni de justice.

Ils avoient un roi d'une origine étrangère, qui, voulant corriger la méchanceté de leur naturel, les traitoit sévèrement; mais ils conjurèrent contre lui, le tuèrent, et exterminèrent toute la famille royale.

Le coup étant fait, ils s'assemblèrent pour choisir

un gouvernement; et, après bien des dissen-
sions, ils créèrent des magistrats. Mais à peine les
eurent-ils élus, qu'ils leur devinrent insupporta-
bles; et ils les massacrèrent encore.

Ce peuple, libre de ce nouveau joug, ne con-
sulta plus que son naturel sauvage. Tous les
particuliers convinrent qu'ils n'obéiroient plus à
personne; que chacun veilleroit uniquement à
ses intérêts, sans consulter ceux des autres.

Cette résolution unanime flattoit extrêmement
tous les particuliers. Ils disoient : Qu'ai-je affaire
d'aller me tuer à travailler pour des gens dont je
ne me soucie point? Je penserai uniquement à
moi. Je vivrai heureux : que m'importe que les
autres le soient? Je me procurerai tous mes be-
soins; et, pourvu que je les aie, je ne me soucie
point que tous les autres Troglodytes soient mi-
sérables.

On étoit dans le mois où l'on ensemence les
terres; chacun dit : Je ne labourerai mon champ
que pour qu'il me fournisse le blé qu'il me faut
pour me nourrir; une plus grande quantité me
seroit inutile : je ne prendrai point de la peine
pour rien.

Les terres de ce petit royaume n'étoient pas de
même nature : il y en avoit d'arides et de monta-
gneuses, et d'autres qui, dans un terrain bas,
étoient arrosées de plusieurs ruisseaux. Cette an-
née la sécheresse fut très-grande; de manière que
les terres qui étoient dans les lieux élevés man-
quèrent absolument, tandis que celles qui purent
être arrosées furent très-fertiles : ainsi les peuples
des montagnes périrent presque tous de faim par
la dureté des autres, qui leur refusèrent de parta-
ger la récolte.

L'année d'ensuite fut très-pluvieuse : les lieux élevés se trouvèrent d'une fertilité extraordinaire, et les terres basses furent submergées. La moitié du peuple cria une seconde fois famine; mais ces misérables trouvèrent des gens aussi durs qu'ils l'avoient été eux-mêmes.

Un des principaux habitants avoit une femme fort belle; son voisin en devint amoureux, et l'enleva : il s'émut une grande querelle; et, après bien des injures et des coups, ils convinrent de s'en remettre à la décision d'un Troglodyte qui, pendant que la république subsistoit, avoit eu quelque crédit. Ils allèrent à lui, et voulurent lui dire leurs raisons. Que m'importe, dit cet homme, que cette femme soit à vous, ou à vous? J'ai mon champ à labourer; je n'irai peut-être pas employer mon temps à terminer vos différends et à travailler à vos affaires, tandis que je négligerai les miennes; je vous prie de me laisser en repos, et de ne m'importuner plus de vos querelles. Là-dessus il les quitta, et s'en alla travailler ses terres. Le ravisseur, qui étoit le plus fort, jura qu'il mourroit plutôt que de rendre cette femme; et l'autre, pénétré de l'injustice de son voisin et de la dureté du juge, s'en retournoit désespéré, lorsqu'il trouva dans son chemin une femme jeune et belle, qui revenoit de la fontaine. Il n'avoit plus de femme, celle-là lui plut; et elle lui plut bien davantage lorsqu'il apprit que c'étoit la femme de celui qu'il avoit voulu prendre pour juge, et qui avoit été si peu sensible à son malheur : il l'enleva, et l'emmena dans sa maison.

Il y avoit un homme qui possédoit un champ assez fertile, qu'il cultivoit avec grand soin : deux de ses voisins s'unirent ensemble, le chassèrent de

sa maison, occupèrent son champ ; ils firent entre
eux une union pour se défendre contre tous ceux
qui voudroient l'usurper ; et effectivement ils se
soutinrent par là pendant plusieurs mois ; mais un
des deux, ennuyé de partager ce qu'il pouvoit
avoir tout seul, tua l'autre, et devint seul maître
du champ. Son empire ne fut pas long : deux au-
tres Troglodytes vinrent l'attaquer ; il se trouva
trop foible pour se défendre, et il fut massacré.

Un Troglodyte presque tout nu vit de la laine
qui étoit à vendre : il en demanda le prix : le mar-
chand dit en lui-même : Naturellement je ne de-
vrois espérer de ma laine qu'autant d'argent qu'il
en faut pour acheter deux mesures de blé ; mais je
la vais vendre quatre fois davantage, afin d'avoir
huit mesures. Il fallut en passer par là, et payer le
prix demandé. Je suis bien aise, dit le marchand :
j'aurai du blé à présent. Que dites-vous ? reprit
l'étranger ; vous avez besoin de blé ? J'en ai à ven-
dre : il n'y a que le prix qui vous étonnera peut-
être ; car vous saurez que le blé est extrêmement
cher, et que la famine règne presque partout :
mais rendez-moi mon argent, et je vous donnerai
une mesure de blé ; car je ne veux pas m'en dé-
faire autrement, dussiez-vous crever de faim.

Cependant une maladie cruelle ravageoit la con-
trée. Un médecin habile y arriva du pays voisin,
et donna ses remèdes si à propos, qu'il guérit tous
ceux qui se mirent dans ses mains. Quand la ma-
ladie eut cessé, il alla chez tous ceux qu'il avoit
traités demander son salaire ; mais il ne trouva
que des refus : il retourna dans son pays, et il y
arriva accablé des fatigues d'un si long voyage.
Mais bientôt après il apprit que la même maladie
se faisoit sentir de nouveau, et affligeoit plus que

jamais cette terre ingrate. Ils allèrent à lui cette fois, et n'attendirent pas qu'il vînt chez eux. Allez, leur dit-il hommes injustes, vous avez dans l'âme un poison plus mortel que celui dont vous voulez guérir; vous ne méritez pas d'occuper une place sur la terre, parce que vous n'avez point d'humanité, et que les règles de l'équité vous sont inconnues : je croirois offenser les dieux, qui vous punissent, si je m'opposois à la justice de leur colère.

A Erzeron, le 3 de la lune de Gemmadi 2, 1711.

LETTRE XII.

USBEK AU MÊME.

A Ispahan.

Tu as vu, mon cher Mirza, comment les Troglodytes périrent par leur méchanceté même, et furent les victimes de leurs propres injustices. De tant de familles, il n'en resta que deux qui échappèrent aux malheurs de la nation. Il y avoit dans ce pays deux hommes bien singuliers : ils avoient de l'humanité ; ils connaissoient la justice ; ils aimoient la vertu ; autant liés par la droiture de leur cœur que par la corruption de celui des autres, ils voyoient la désolation générale, et ne la ressentoient que par la pitié : c'étoit le motif d'une union nouvelle. Ils travailloient avec une sollicitude commune pour l'intérêt commun ; ils n'avoient de différends que ceux qu'une douce et tendre

amitié faisoit naître ; et dans l'endroit du pays le plus écarté, séparés de leurs compatriotes indignes de leur présence, ils menoient une vie heureuse et tranquille : la terre sembloit produire d'elle-même, cultivée par ces vertueuses mains.

Ils aimoient leurs femmes, et ils en étoient tendrement chéris. Toute leur attention étoit d'élever leurs enfants à la vertu. Ils leur représentoient sans cesse les malheurs de leurs compatriotes, et leur mettoient devant les yeux cet exemple si touchant ; ils leur faisoient surtout sentir que l'intérêt des particuliers se trouve toujours dans l'intérêt commun ; que vouloir s'en séparer, c'est vouloir se perdre ; que la vertu n'est point une chose qui doive nous coûter ; qu'il ne faut point la regarder comme un exercice pénible ; et que la justice pour autrui est une charité pour nous.

Ils eurent bientôt la consolation des pères vertueux, qui est d'avoir des enfants qui leur ressemblent. Le jeune peuple qui s'éleva sous leurs yeux s'accrut par d'heureux mariages : le nombre augmenta, l'union fut toujours la même ; et la vertu, bien loin de s'affoiblir dans la multitude, fut fortifiée, au contraire, par un plus grand nombre d'exemples.

Qui pourroit représenter ici le bonheur de ces Troglodytes ? Un peuple si juste devoit être chéri des dieux. Dès qu'il ouvrit les yeux pour les connoître, il apprit à les craindre ; et la religion vint adoucir dans les mœurs ce que la nature y avoit laissé de trop rude.

Ils instituèrent des fêtes en l'honneur des dieux. Les jeunes filles, ornées de fleurs, et les jeunes garçons, les célébroient par leurs danses, et par les accords d'une musique champêtre ; on faisoit

ensuite des festins, où la joie ne régnoit pas moins que la frugalité. C'étoit dans ces assemblées que parloit la nature naïve, c'est là qu'on apprenoit à donner le cœur et à le recevoir ; c'est là que la pudeur virginale faisoit en rougissant un aveu surpris, mais bientôt confirmé par le consentement des pères ; et c'est là que les tendres mères se plaisoient à prévoir par avance une union douce et fidèle.

On alloit au temple pour demander les faveurs des dieux : ce n'étoit pas les richesses et une onéreuse abondance ; de pareils souhaits étoient indignes des heureux Troglodytes ; ils ne savoient les désirer que pour leurs compatriotes. Ils n'étoient au pied des autels que pour demander la santé de leurs pères, l'union de leurs frères, la tendresse de leurs femmes, l'amour et l'obéissance de leurs enfants. Les filles y venoient apporter le tendre sacrifice de leur cœur, et ne leur demandoient d'autre grâce que celle de pouvoir rendre un Troglodyte heureux.

Le soir, lorsque les troupeaux quittoient les prairies, et que les bœufs fatigués avoient ramené la charrue, ils s'assembloient ; et, dans un repas frugal, ils chantoient les injustices des premiers Troglodytes et leurs malheurs, la vertu renaissante avec un nouveau peuple, et sa félicité : ils chantoient ensuite les grandeurs des dieux, leurs faveurs toujours présentes aux hommes qui les implorent, et leur colère inévitable à ceux qui ne les craignent pas ; ils décrivoient ensuite les délices de la vie champêtre, et le bonheur d'une condition toujours parée de l'innocence. Bientôt ils s'abandonnoient à un sommeil que les soins et les chagrins n'interrompoient jamais.

La nature ne fournissoit pas moins à leurs désirs qu'à leurs besoins. Dans ce pays heureux, la cupidité étoit étrangère : ils se faisoient des présents, où celui qui donnoit croyoit toujours avoir l'avantage. Le peuple troglodyte se regardoit comme une seule famille ; les troupeaux étoient presque toujours confondus ; la seule peine qu'on s'épargnoit ordinairement, c'étoit de les partager.

D'Erzeron, le 6 de la lune de Gemmadi 2, 1711.

LETTRE XIII.

USBEK AU MÊME.

JE ne saurois assez te parler de la vertu des Troglodytes. Un d'eux disoit un jour : Mon père doit demain labourer son champ ; je me lèverai deux heures avant lui, et quand il ira à son champ, il le trouvera tout labouré.

Un autre disoit en lui-même : Il me semble que ma sœur a du goût pour un jeune Troglodyte de nos parents ; il faut que je parle à mon père, et que je le détermine à faire ce mariage.

On vint dire à un autre que des voleurs avoient enlevé son troupeau : J'en suis bien fâché, dit-il ; car il y avoit une génisse toute blanche que je voulois offrir aux dieux.

On entendoit dire à un autre : Il faut que j'aille au temple remercier les dieux ; car mon frère, que mon père aime tant et que je chéris si fort, a recouvré la santé.

Ou bien : Il y a un champ qui touche celui de mon père, et ceux qui le cultivent sont tous les jour exposés aux ardeurs du soleil ; il faut que j'aille y planter deux arbres, afin que ces pauvres gens puissent aller quelquefois se reposer sous leur ombre.

Un jour que plusieurs Troglodytes étoient assemblés, un vieillard parla d'un jeune homme qu'il soupçonnoit d'avoir commis une mauvaise action, et lui en fit des reproches. Nous ne croyons pas qu'il ait commis ce crime, dirent les jeunes Troglodytes ; mais, s'il l'a fait, puisse-t-il mourir le dernier de sa famille !

On vint dire à un Troglodyte que des étrangers avoient pillé sa maison, et avoient tout emporté. S'ils n'étoient pas injustes, répondit-il, je souhaiterois que les dieux leur en donnassent un plus long usage qu'à moi.

Tant de prospérités ne furent pas regardées sans envie : les peuples voisins s'assemblèrent ; et, sous un vain prétexte, ils résolurent d'enlever leurs troupeaux. Dès que cette résolution fut connue, les Troglodytes envoyèrent au-devant d'eux des ambassadeurs, qui leur parlèrent ainsi :

« Que vous ont fait les Troglodytes ? Ont-ils enlevé vos femmes, dérobé vos bestiaux, ravagé vos campagnes ? Non : nous sommes justes, et nous craignons les dieux. Que voulez-vous donc de nous ? Voulez-vous de la laine pour vous faire des habits ? voulez-vous du lait de nos troupeaux, ou des fruits de nos terres ? Posez bas les armes ; venez au milieu de nous, et nous vous donnerons de tout cela. Mais nous jurons, par ce qu'il y a de plus sacré, que, si vous entrez dans nos terres comme ennemis, nous vous regarderons comme

un peuple injuste, et que nous vous traiterons comme des bêtes farouches. »

Ces paroles furent· renvoyées avec mépris; ces peuples sauvages entrèrent armés dans la terre des Troglodytes, qu'ils ne croyoient défendus que par leur innocence.

Mais ils étoient bien disposés à la défense. Ils avoient mis leurs femmes et leurs enfants au milieu d'eux. Ils furent étonnés de l'injustice de leurs ennemis, et non pas de leur nombre. Une ardeur nouvelle s'étoit emparée de leur cœur : l'un vouloit mourir pour son père, un autre pour sa femme et ses enfants, celui-ci pour ses frères, celui-là pour ses amis, tous pour le peuple troglodyte; la place de celui qui expiroit étoit d'abord prise par un autre, qui, outre la cause commune, avoit encore une mort particulière à venger.

Tel fut le combat de l'injustice et de la vertu. Ces· peuples lâches, qui ne cherchoient que le butin, n'eurent pas honte de fuir; et ils cédèrent à la vertu des Troglodytes, même sans en être touchés.

D'Erzeron, le 9 de la lune de Gemmadi 2, 1711.

LETTRE XIV.

USBEK· AU MÊME.

Comme le peuple grossissoit tous les jours, les Troglodytes crurent qu'il étoit à propos de se choisir un roi : ils convinrent qu'il falloit déférer la couronne à celui qui étoit le plus juste; et ils

jetèrent tous les yeux sur un vieillard vénérable
par son âge et par un longue. vertu. Il n'avoit pas
voulu se trouver à cette assemblée ; il s'étoit retiré
dans sa maison, le cœur serré de tristesse.

Lorsqu'on lui envoya des députés pour lui ap-
prendre le choix qu'on avoit fait de lui : A Dieu
ne plaise, dit-il, que je fasse ce tort aux Troglo-
dytes, que l'on puisse croire qu'il n'y a personne
parmi eux de plus juste que moi ! Vous me défé-
rez la couronne, et, si vous le voulez absolument,
il faudra bien que je la prenne ; mais comptez que
je mourrai de douleur d'avoir vu en naissant les
Troglodytes libres, et de les voir aujourd'hui as-
sujettis. A ces mots, il se mit à répandre un torrent
de larmes. Malheureux jour ! disoit-il ; et pourquoi
ai-je tant vécu ? Puis il s'écria d'une voix sévère :
Je vois bien ce que c'est, ô Troglodytes ! votre
vertu commence à vous peser. Dans l'état où vous
êtes, n'ayant point de chef, il faut que vous soyez
vertueux. malgré vous ; sans cela vous ne sauriez
subsister, et vous tomberiez dans le malheur de
vos premiers pères. Mais ce joug vous paroît trop
dur : vous aimez mieux être soumis à un prince,
et obéir à ses lois, moins rigides que vos mœurs.
Vous savez que pour lors vous pourrez contenter
votre ambition, acquérir des richesses, et languir
dans une lâche volupté ; et que, pourvu que vous
évitiez de tomber dans les grands crimes, vous
n'aurez pas besoin de la vertu. Il s'arrêta un mo-
ment, et ses larmes coulèrent plus que jamais. Et
que prétendez-vous que je fasse ? Comment se
peut-il que je commande quelque chose à un
Troglodyte ? Voulez-vous qu'il fasse une action
vertueuse parce que je la lui commande, lui qui
la feroit tout de même sans moi, et par le seul

penchant de la nature? O Troglodytes! je suis à la fin de mes jours, mon sang est glacé dans mes veines, je vais bientôt revoir vos sacrés aïeux: pourquoi voulez-vous que je les afflige, et que je sois obligé de leur dire que je vous ai laissés sous un autre joug que celui de la vertu?

D'Erzeron, le 10 de la lune de Gemmadi 2, 1711.

LETTRE. XV.

LE PREMIER EUNUQUE A JARON,

EUNUQUE NOIR.

A Erzeron.

JE prie le ciel qu'il te ramène dans ces lieux, et te dérobe à tous les dangers.

Quoique je n'aie guère jamais connu cet engagement qu'on appelle amitié, et que je me sois enveloppé tout entier dans moi-même, tu m'as cependant fait sentir que j'avois encore un cœur; et, pendant que j'étois de bronze pour tous ces esclaves qui vivoient sous mes lois, je voyois croître ton enfance avec plaisir.

Le temps vint où mon maître jeta sur toi les yeux. Il s'en falloit bien que la nature eût encore parlé, lorsque le fer te sépara de la nature. Je ne te dirai point si je te plaignis, ou si je sentis du plaisir à te voir élevé jusqu'à moi. J'apaisai tes pleurs et tes cris. Je crus te voir prendre une seconde naissance, et sortir d'une servitude

où tu devois toujours obéir, pour entrer dans une servitude où tu devois commander. Je pris soin de ton éducation. La sévérité, toujours inséparable des instructions, te fit longtemps ignorer que tu m'étois cher. Tu me l'étois pourtant; et je te dirai que je t'aimois comme un père aime son fils, si ces noms de père et de fils pouvoient convenir à notre destinée.

Tu vas parcourir les pays habités par les chrétiens, qui n'ont jamais cru. Il est impossible que tu n'y contractes bien des souillures. Comment le prophète pourroit-il te regarder au milieu de tant de millions de ses ennemis? Je voudrois que mon maître fît, à son retour, le pèlerinage de la Mecque : vous vous purifieriez tous dans la terre des anges.

Du sérail d'Ispahan, le 10 de la lune de Gemmadi 2, 1711.

LETTRE XVI.

USBEK AU MOLLAK MÉHÉMET ALI,

GARDIEN DES TROIS TOMBEAUX.

A Com.

Pourquoi vis-tu dans les tombeaux, divin mollak? Tu es bien plus fait pour le séjour des étoiles. Tu te caches sans doute de peur d'obscurcir le soleil : tu n'as point de taches comme cet astre; mais, comme lui, tu te couvres de nuages.

Ta science est un abîme plus profond que l'Océan; ton esprit est plus perçant que Zufagar, cette épée d'Ali, qui avait deux pointes; tu sais ce qui se passe dans les neuf chœurs des puissances célestes; tu lis l'Alcoran sur la poitrine de notre divin prophète; et, lorsque tu trouves quelque passage obscur, un ange, par son ordre, déploie ses ailes rapides, et descend du trône pour t'en révéler le secret.

Je pourrois par ton moyen avoir avec les séraphins une intime correspondance : car enfin, treizième immaum, n'es-tu pas le centre où le ciel et la terre aboutissent, et le point de communication entre l'abîme et l'empyrée?

Je suis au milieu d'un peuple profane : permets que je me purifie avec toi; souffre que je tourne mon visage vers les lieux sacrés que tu habites; distingue-moi des méchants, comme on distingue, au lever de l'aurore, le filet blanc d'avec le filet noir; aide-moi de tes conseils; prends soin de mon âme; enivre-la de l'esprit des prophètes; nourris-la de la science du paradis, et permets que je mette ses plaies à tes pieds. Adresse tes lettres sacrées à Erzeron, où je resterai quelques mois.

<div style="text-align:center">D'Erzeron, le 11 de la lune de Gemmadi 2, 1711.</div>

LETTRE XVII.

USBEK AU MÊME.

JE ne puis, divin mollak, calmer mon impatience : je ne saurois attendre ta sublime

réponse. J'ai des doutes, il faut les fixer : je sens
que ma raison s'égare ; ramène-la dans le droit
chemin ; viens m'éclairer, source de lumière ;
foudroie avec ta plume divine les difficultés
que je vais te proposer ; fais-moi pitié de moi-
même, et rougir de la question que je vais
faire.

D'où vient que notre législateur nous prive
de la chair de pourceau, et de toutes les viandes
qu'il appelle immondes ? D'où vient qu'il nous
défend de toucher un corps mort, et que, pour
purifier notre âme, il nous ordonne de nous
laver sans cesse le corps ? Il me semble que les
choses ne sont en elles-mêmes ni pures ni im-
pures : je ne puis concevoir aucune qualité in-
hérente au sujet qui puisse les rendre telles. La
boue ne nous paroît sale que parce qu'elle
blesse notre vue, ou quelque autre de nos sens ;
mais, en elle-même, elle ne l'est pas plus que l'or
et les diamants. L'idée de souillure contractée
par l'attouchement d'un cadavre ne nous est ve-
nue que d'une certaine répugnance naturelle que
nous en avons. Si les corps de ceux qui ne se
lavent point ne blessoient ni l'odorat ni la vue,
comment auroit-on pu s'imaginer qu'ils fussent
impurs ?

Les sens, divin mollak, doivent donc être les
seuls juges de la pureté ou de l'impureté des
choses ? Mais, comme les objets n'affectent point
les hommes de la même manière ; que ce qui
donne une sensation agréable aux uns en produit
une dégoûtante chez les autres, il suit que le té-
moignage des sens ne peut servir ici de règle, à
moins qu'on ne dise que chacun peut à sa fantai-
sie décider ce point, et distinguer, pour ce qui le

concerne, les choses pures d'avec celles qui ne le
sont pas.

Mais cela même, sacré mollak, ne renverseroit-
il pas les distinctions établies par notre divin
prophète, et les points fondamentaux de la loi
qui a été écrite de la main des anges ?

D'Erzeron, le 20 de la lune de Gemmadi 2, 1711.

LETTRE XVIII.

MÉHÉMET ALI, SERVITEUR DES PROPHÈTES,
A USBEK.

Vous nous faites toujours des questions qu'on a
faites mille fois à notre saint prophète. Que ne
lisez-vous les traditions des docteurs ? que n'allez-
vous à cette source pure de toute intelligence ?
vous trouveriez tous vos doutes résolus.

Malheureux, qui, toujours embarrassés des
choses de la terre, n'avez jamais regardé d'un œil
fixe celles du ciel, et qui révérez la condition des
mollaks, sans oser ni l'embrasser ni la suivre !

Profanes, qui n'entrez jamais dans les secrets de
l'Éternel, vos lumières ressemblent aux ténèbres
de l'abîme, et les raisonnements de votre esprit
sont comme la poussière que vos pieds font élever
lorsque le soleil est dans son midi, dans le mois
ardent de Chahban.

Aussi le zénith de votre esprit ne va pas au
nadir de celui du moindre des immaums*. Votre

* Ce mot est plus en usage chez les Turcs que chez les
Persans.

vaine philosophie est cet éclair qui annonce l'orage et l'obscurité : vous êtes au milieu de la tempête, et vous errez au gré des vents.

Il est bien facile de répondre à votre difficulté : il ne faut pour cela que vous raconter ce qui arriva un jour à notre saint prophète, lorsque, tenté par les chrétiens, éprouvé par les juifs, il confondit également et les uns et les autres.

Le juif Abdias Ibesalon lui demanda pourquoi Dieu avait défendu de manger de la chair de pourceau. Ce n'est pas sans raison, reprit le prophète : c'est un animal immonde ; et je vais vous en convaincre. Il fit sur sa main, avec de la boue, la figure d'un homme ; il le jeta à terre, et lui cria : Levez-vous ! Sur-le-champ un homme se leva, et dit : Je suis Japhet, fils de Noé. Avois-tu les cheveux aussi blancs quand tu es mort ? lui dit le saint prophète. Non, répondit-il : mais, quand tu m'as réveillé, j'ai cru que le jour du jugement étoit venu : et j'ai eu une si grande frayeur, que mes cheveux ont blanchi tout à coup.

Or çà, raconte-moi, lui dit l'envoyé de Dieu, toute l'histoire de l'arche de Noé. Japhet obéit, et détailla exactement tout ce qui s'étoit passé les premiers mois ; après quoi il parla ainsi :

Nous mîmes les ordures de tous les animaux dans un côté de l'arche ; ce qui la fit si fort pencher, que nous en eûmes une peur mortelle, surtout nos femmes, qui se lamentoient de la belle manière. Notre père Noé ayant été au conseil de Dieu, il lui commanda de prendre l'éléphant, de lui faire tourner la tête vers le côté qui penchait. Ce grand animal fit tant d'ordures, qu'il en naquit un cochon. Croyez-vous, Usbek, que depuis ce temps-là nous nous en soyons abstenus,

et que nous l'ayons regardé comme un animal immonde ?

Mais comme le cochon remuoit tous les jours ces ordures, il s'éleva une telle puanteur dans l'arche, qu'il ne put lui-même s'empêcher d'éternuer ; et il sortit de son nez un rat, qui alloit rongeant tout ce qui se trouvoit devant lui : ce qui devint si insupportable à Noé, qu'il crut qu'il étoit à propos de consulter Dieu encore. Il lui ordonna de donner au lion un grand coup sur le front, qui éternua aussi, et fit sortir de son nez un chat. Croyez-vous que ces animaux soient encore immondes ? Que vous en semble ?

Quand donc vous n'apercevez pas la raison de l'impureté de certaines choses, c'est que vous en ignorez beaucoup d'autres, et que vous n'avez pas la connoissance de ce qui s'est passé entre Dieu, les anges et les hommes. Vous ne savez pas l'histoire de l'éternité ; vous n'avez point lu les livres qui sont écrits au ciel ; ce qui vous en a été révélé n'est qu'une petite partie de la bibliothèque divine ; et ceux qui, comme nous, en approchent de plus près, tandis qu'ils sont en cette vie, sont encore dans l'obscurité et les ténèbres. Adieu. Mahomet soit dans votre cœur.

A Com, le dernier de la lune de Chahban, 1711.

LETTRE XIX.

USBEK A SON AMI RUSTAN.

A Ispahan.

Nous n'avons séjourné que huit jours à Tocat : après trente - cinq jours de marche, nous sommes arrivés à Smyrne.

De Tocat à Smyrne, on ne trouve pas une seule ville qui mérite qu'on la nomme. J'ai vu avec étonnement la foiblesse de l'empire des Osmanlins. Ce corps malade ne se soutient pas par un régime doux et tempéré, mais par des remèdes violents, qui l'épuisent et le minent sans cesse.

Les pachas, qui n'obtiennent leurs emplois qu'à force d'argent, entrent ruinés dans les provinces, et les ravagent comme des pays de conquête. Une milice insolente n'est soumise qu'à ses caprices. Les places sont démantelées, les villes désertes, les campagnes désolées, la culture des terres et le commerce entièrement abandonnés.

L'impunité règne dans ce gouvernement sévère : les chrétiens qui cultivent les terres, les juifs qui lèvent les tributs, sont exposés à mille violences.

La propriété des terres est incertaine, et, par conséquent, l'ardeur de les faire valoir ralentie : il n'y a ni titre, ni possession, qui vaillent contre le caprice de ceux qui gouvernent.

Ces barbares ont tellement abandonné les arts, qu'ils ont négligé jusques à l'art militaire. Pendant que les nations d'Europe se raffinent tous les

jours, ils restent dans leur ancienne ignorance, et ils ne s'avisent de prendre leurs nouvelles inventions qu'après qu'elles s'en sont servies mille fois contre eux.

Ils n'ont nulle expérience sur la mer, nulle habileté dans la manœuvre. On dit qu'une poignée de chrétiens sortis d'un rocher* font suer tous les Ottomans, et fatiguent leur empire.

Incapables de faire le commerce, ils souffrent presque avec peine que les Européens, toujours laborieux et entreprenants, viennent le faire : ils croient faire grâce à ces étrangers de permettre qu'ils les enrichissent.

Dans toute cette vaste étendue de pays que j'ai traversée, je n'ai trouvé que Smyrne qu'on puisse regarder comme une ville riche et puissante. Ce sont les Européens qui la rendent telle, et il ne tient pas aux Turcs qu'elle ne ressemble à toutes les autres.

Voilà, cher Rustan, une juste idée de cet empire, qui, avant deux siècles, sera le théâtre des triomphes de quelque conquérant.

A Smyrne, le 2 de la lune de Rhamazan, 1711.

* Ce sont apparemment les chevaliers de Malte.

LETTRE XX.

USBEK A ZACHI, SA FEMME.

Au sérail d'Ispahan.

Vous m'avez offensé, Zachi; et je sens dans mon cœur des mouvements que vous devriez craindre, si mon éloignement ne vous laissoit le temps de changer de conduite, et d'apaiser la violente jalousie dont je suis tourmenté.

J'apprends qu'on vous a trouvée seule avec Nadir, eunuque blanc, qui payera de sa tête son infidélité et sa perfidie. Comment vous êtes-vous oubliée jusqu'à ne pas sentir qu'il ne vous est pas permis de recevoir dans votre chambre un eunuque blanc, tandis que vous en avez de noirs destinés à vous servir? Vous avez beau me dire que des eunuques ne sont pas des hommes, et que votre vertu vous met au-dessus des pensées que pourrait faire naître en vous une ressemblance imparfaite; cela ne suffit ni pour vous ni pour moi: pour vous, parce que vous faites une chose que les lois du sérail vous défendent; pour moi, en ce que vous m'ôtez l'honneur, en vous exposant à des regards; que dis-je, à des regards? peut-être aux entreprises d'un perfide qui vous aura souillée par ses crimes, et plus encore par ses regrets et le désespoir de son impuissance.

Vous me direz peut-être que vous m'avez été toujours fidèle. Eh! pouviez-vous ne l'être pas? Comment auriez-vous trompé la vigilance des eunuques noirs, qui sont si surpris de la vie que

vous menez? Comment auriez-vous pu briser ces verrous et ces portes qui vous tiennent enfermée? Vous vous vantez d'une vertu qui n'est pas libre : et peut-être que vos désirs impurs vous ont ôté mille fois le mérite et le prix de cette fidélité que vous vantez tant.

Je veux que vous n'ayez point fait tout ce que j'ai lieu de soupçonner ; que ce perfide n'ait point porté sur vous ses mains sacrilèges ; que vous ayez refusé de prodiguer à sa vue les délices de son maître ; que, couverte de vos habits, vous ayez laissé cette foible barrière entre lui et vous ; que, frappé lui-même d'un saint respect, il ait baissé les yeux ; que, manquant à sa hardiesse, il ait tremblé sur les châtiments qu'il se prépare : quand tout cela seroit vrai, il ne l'est pas moins que vous avez fait une chose qui est contre votre devoir. Et, si vous l'avez violé gratuitement sans remplir vos inclinations déréglées, qu'eussiez-vous fait pour les satisfaire ? Que feriez-vous encore si vous pouviez sortir de ce lieu sacré, qui est pour vous une dure prison, comme il est pour vos compagnes un asile favorable contre les atteintes du vice, un temple sacré où votre sexe perd sa foiblesse, et se trouve invincible, malgré tous les désavantages de la nature ? Que feriez-vous si, laissée à vous-même, vous n'aviez pour vous défendre que votre amour pour moi, qui est si grièvement offensé, et votre devoir, que vous avez si indignement trahi ? Que les mœurs du pays où vous vivez sont saintes, qui vous arrachent à l'attentat des plus vils esclaves ! Vous devez me rendre grâce de la gêne où je vous fais vivre, puisque ce n'est que par là que vous méritez encore de vivre.

Vous ne pouvez souffrir le chef des eunuques, parce qu'il a toujours les yeux sur votre conduite, et qu'il vous donne ses sages conseils. Sa laideur, dites-vous, est si grande que vous ne pouvez le voir sans peine : comme si, dans ces sortes de postes, on mettoit de plus beaux objets. Ce qui vous afflige est de n'avoir pas à sa place l'eunuque blanc qui vous déshonore.

Mais que vous a fait votre première esclave ? Elle vous a dit que les familiarités que vous preniez avec la jeune Zélide étoient contre la bienséance : voilà la raison de votre haine.

Je devrois être, Zachi, un juge sévère ; je ne suis qu'un époux qui cherche à vous trouver innocente. L'amour que j'ai pour Roxane, ma nouvelle épouse, m'a laissé toute la tendresse que je dois avoir pour vous, qui n'êtes pas moins belle. Je partage mon amour entre vous deux ; et Roxane n'a d'autre avantage que celui que la vertu peut ajouter à la beauté.

A Smyrne, le 12 de la lune de Zilcadé, 1711.

LETTRE XXI.

USBEK AU PREMIER EUNUQUE BLANC.

Vous devez trembler à l'ouverture de cette lettre, ou plutôt vous le deviez lorsque vous souffrîtes la perfidie de Nadir. Vous qui, dans une vieillesse froide et languissante, ne pouvez sans crime lever les yeux sur les redoutables objets de

mon amour ; vous à qui il n'est jamais permis de
mettre un pied sacrilége sur la porte du lieu terri-
ble qui les dérobe à tous les regards, vous souffrez
que ceux dont la conduite vous est confiée aient
fait ce que vous n'auriez pas la témérité de faire,
et vous n'apercevez pas la foudre toute prête à
tomber sur eux et sur vous ?

Et qui êtes-vous, que de vils instruments que je
puis briser à ma fantaisie ; qui n'existez qu'autant
que vous savez obéir ; qui n'êtes dans le monde
que pour vivre sous mes lois, ou pour mourir dès
que je l'ordonne ; qui ne respirez qu'autant que
mon bonheur, mon amour, ma jalousie même,
ont besoin de votre bassesse ; et enfin qui ne
pouvez avoir d'autre partage que la soumission,
d'autre âme que mes volontés, d'autre espérance
que ma félicité ?

Je sais que quelques-unes de mes femmes souf-
frent impatiemment les lois austères du devoir ;
que la présence continuelle d'un eunuque noir
les ennuie ; qu'elles sont fatiguées de ces objets
affreux, qui leur sont donnés pour les ramener à
leur époux ; je le sais : mais vous qui vous prêtez
à ce désordre, vous serez puni d'une manière à
faire trembler tous ceux qui abusent de ma con-
fiance.

Je jure par tous les prophètes du ciel, et par
Ali, le plus grand de tous, que, si vous vous écar-
tez de votre devoir, je regarderai votre vie comme
celle des insectes que je trouve sous mes pieds.

A Smyrne, le 12 de la lune de Zilcadé, 1711.

LETTRE XXII.

JARON AU PREMIER EUNUQUE.

A mesure qu'Usbek s'éloigne du sérail, il tourne sa tête vers ses femmes sacrées ; il soupire, il verse des larmes ; sa douleur s'aigrit, ses soupçons se fortifient. Il veut augmenter le nombre de leurs gardiens. Il va me renvoyer, avec tous les noirs qui l'accompagnent. Il ne craint plus pour lui ; il craint pour ce qui lui est mille fois plus cher que lui-même.

Je vais donc vivre sous tes lois, et partager tes soins. Grand Dieu! qu'il faut de choses pour rendre un seul homme heureux !

La nature sembloit avoir mis les femmes dans la dépendance, et les en avoir retirées : le désordre naissoit entre les deux sexes, parce que leurs droits étoient réciproques. Nous sommes entrés dans le plan d'une nouvelle harmonie : nous avons mis entre les femmes et nous la haine ; et entre les hommes et les femmes, l'amour.

Mon front va devenir sévère. Je laisserai tomber des regards sombres. La joie fuira de mes lèvres. Le dehors sera tranquille, et l'esprit inquiet. Je n'attendrai point les rides de la vieillesse pour en montrer les chagrins.

J'aurois eu du plaisir à suivre mon maître dans l'Occident ; mais ma volonté est son bien. Il veut que je garde ses femmes ; je les garderai avec fidélité. Je sais comment je dois me conduire avec ce sexe qui, quand on ne lui permet pas d'être vain,

commence à devenir superbe, et qu'il est moins aisé d'humilier que d'anéantir. Je tombe sous tes regards.

De Smyrne, le 12 de la lune de Zilcadé, 1711.

—————

LETTRE XXIII.

USBEK A SON AMI IBBEN.

Nous sommes arrivés à Livourne dans quarante jours de navigation. C'est une ville nouvelle; elle est un témoignage du génie des ducs de Toscane, qui ont fait d'un village marécageux la ville d'Italie la plus florissante.

Les femmes y jouissent d'une grande liberté : elles peuvent voir les hommes à travers certaines fenêtres qu'on nomme jalousies, elles peuvent sortir tous les jours avec quelques vieilles qui les accompagnent : elles n'ont qu'un voile*. Leurs beaux-frères, leurs oncles, leurs neveux peuvent les voir sans que le mari s'en formalise presque jamais.

C'est un grand spectacle pour un mahométan de voir pour la première fois une ville chrétienne. Je ne parle pas des choses qui frappent d'abord tous les yeux, comme la différence des édifices, des habits, des principales coutumes : il y a, jusque dans les moindres bagatelles, quelque chose de singulier que je sens et que je ne sais pas dire.

—————

* Les Persanes en ont quatre.

Nous partirons demain pour Marseille : notre séjour n'y sera pas long. Le dessein de Rica et le mien est de nous rendre incessamment à Paris, qui est le siége de l'empire d'Europe. Les voyageurs cherchent toujours les grandes villes, qui sont une espèce de patrie commune à tous les étrangers. Adieu. Sois persuadé que je t'aimerai toujours.

A Livourne, le 12 de la lune de Saphar, 1712.

LETTRE XXIV.

RICA A IBBEN.

À Smyrne.

Nous sommes à Paris depuis un mois, et nous avons toujours été dans un mouvement continuel. Il faut bien des affaires avant qu'on soit logé, qu'on ait trouvé les gens à qui on est adressé, et qu'on se soit pourvu des choses nécessaires, qui manquent toutes à la fois.

Paris est aussi grand qu'Ispahan : les maisons y sont si hautes, qu'on jugerait qu'elles ne sont habitées que par des astrologues. Tu juges bien qu'une ville bâtie en l'air, qui a six ou sept maisons les unes sur les autres, est extrêmement peuplée ; et que, quand tout le monde est descendu dans la rue, il s'y fait un bel embarras.

Tu ne le croirois pas peut-être, depuis un mois que je suis ici, je n'y ai encore vu marcher

personne. Il n'y a pas de gens au monde qui tirent
mieux partie de leur machine que les Français ;
ils courent, ils volent : les voitures lentes d'Asie,
le pas réglé de nos chameaux, les feroient tomber
en syncope. Pour moi, qui ne suis point fait à ce
train, et qui vais souvent à pied sans changer d'al-
lure, j'enrage quelquefois comme un chrétien :
car encore passe qu'on m'éclabousse depuis les
pieds jusqu'à la tête ; mais je ne puis pardonner
les coups de coude que je reçois régulièrement et
périodiquement. Un homme qui vient après moi
et qui me passe me fait faire un demi-tour ; et un
autre qui me croise de l'autre côté me remet sou-
dain où le premier m'avoit pris ; et je n'ai pas fait
cent pas, que je suis plus brisé que si j'avois fait dix
lieues.

Ne crois pas que je puisse, quant à présent, te
parler à fond des mœurs et des coutumes euro-
péennes : je n'en ai moi-même qu'une légère idée,
et je n'ai eu à peine que le temps de m'étonner.

Le roi de France est le plus puissant prince de
l'Europe. Il n'a point de mines d'or comme le roi
d'Espagne son voisin ; mais il a plus de richesses
que lui, parce qu'il les tire de la vanité de ses su-
jets, plus inépuisable que les mines. On lui a vu
entreprendre ou soutenir de grandes guerres,
n'ayant d'autres fonds que des titres d'honneur à
vendre ; et, par un prodige de l'orgueil humain, ses
troupes se trouvoient payées, ses places munies,
et ses flottes équipées.

D'ailleurs ce roi est un grand magicien : il exerce
son empire sur l'esprit même de ses sujets ; il les
fait penser comme il veut. S'il n'a qu'un million
d'écus dans son trésor, et qu'il en ait besoin de
deux, il n'a qu'à leur persuader qu'un écu en vaut

deux, et ils le croient. S'il a une guerre difficile à soutenir, et qu'il n'ait point d'argent, il n'a qu'à leur mettre dans la tête qu'un morceau de papier est de l'argent, et ils en sont aussitôt convaincus. Il va même jusqu'à leur faire croire qu'il les guérit de toutes sortes de maux en les touchant, tant est grande la force et la puissance qu'il a sur les esprits.

Ce que je dis de ce prince ne doit pas t'étonner : il y a un autre magicien plus fort que lui, qui n'est pas moins maître de son esprit qu'il l'est lui-même de celui des autres. Ce magicien s'appelle le pape : tantôt il lui fait croire que trois ne sont qu'un ; que le pain qu'on mange n'est pas du pain, ou que le vin qu'on boit n'est pas du vin, et mille autres choses de cette espèce *.

Et, pour le tenir toujours en haleine et ne point lui laisser perdre l'habitude de croire, il lui donne de temps en temps, pour l'exercer, de certains articles de croyance. Il y a deux ans qu'il lui envoya un grand écrit qu'il appela *constitution*, et voulut obliger, sous de grandes peines, ce prince et ses sujets de croire tout ce qui y étoit contenu. Il réussit à l'égard du prince, qui se soumit aussitôt, et donna l'exemple à ses sujets ; mais quelques-uns d'entre eux se révoltèrent, et dirent qu'ils ne vouloient rien croire de tout ce qui étoit dans cet écrit. Ce sont les femmes qui ont été les motrices de toute cette révolte qui divise toute la cour, tout le royaume et toutes les familles. Cette *constitution* leur défend de lire un livre que tous les

chrétiens disent avoir été apporté du ciel : c'est proprement leur Alcoran. Les femmes, indignées de l'outrage fait à leur sexe, soulèvent tout contre la *constitution* : elles ont mis les hommes de leur parti, qui, dans cette occasion, ne veulent point avoir de privilége. Il faut pourtant avouer que ce moufti ne raisonne pas mal ; et, par le grand Ali, il faut qu'il ait été instruit des principes de notre sainte loi : car, puisque les femmes sont d'une création inférieure à la nôtre, et que nos prophètes nous disent qu'elles n'entreront point dans le paradis, pourquoi faut-il qu'elles se mêlent de lire un livre qui n'est fait que pour apprendre le chemin du paradis ?

J'ai ouï raconter du roi des choses qui tiennent du prodige, et je ne doute pas que tu ne balances à les croire.

On dit que, pendant qu'il faisoit la guerre à ses voisins, qui s'étoient tous ligués contre lui, il avoit dans son royaume un nombre innombrable d'ennemis invisibles qui l'entouroient ; on ajoute qu'il les a cherchés pendant plus de trente ans, et que, malgré les soins infatigables de certains dervis qui ont sa confiance, il n'en a pu trouver un seul. Ils vivent avec lui : ils sont à sa cour, dans sa capitale, dans ses troupes, dans ses tribunaux ; et cependant on dit qu'il aura le chagrin de mourir sans les avoir trouvés. On diroit qu'ils existent en général, et qu'ils ne sont plus rien en particulier : c'est un corps ; mais point de membres. Sans doute que le ciel veut punir ce prince de n'avoir pas été assez modéré envers les ennemis qu'il a vaincus, puisqu'il lui en donne d'invisibles, et dont le génie et le destin sont au-dessus du sien.

Je continuerai à t'écrire, et je t'apprendrai des

choses bien éloignées du caractère et du génie persan. C'est bien la même terre qui nous porte tous deux ; mais les hommes du pays où je vis, et ceux du pays où tu es, sont des hommes bien différents.

De Paris, le 4 de la lune de Rebiab 2, 1712.

LETTRE XXV.

USBEK A IBBEN.

A Smyrne.

J'AI reçu une lettre de ton neveu Rhédi : il me mande qu'il quitte Smyrne, dans le dessein de voir l'Italie ; que l'unique but de son voyage est de s'instruire, et de se rendre par là plus digne de toi. Je te félicite d'avoir un neveu qui sera quelque jour la consolation de ta vieillesse.

Rica t'écrit une longue lettre ; il m'a dit qu'il te parloit beaucoup de ce pays-ci. La vivacité de son esprit fait qu'il saisit tout avec promptitude : pour moi, qui pense plus lentement, je ne suis pas en état de te rien dire.

Tu es le sujet de nos conversations les plus tendres : nous ne pouvons assez parler du bon accueil que tu nous a fait à Smyrne, et des services que ton amitié nous rend tous les jours. Puisses-tu, généreux Ibben, trouver partout des amis aussi reconnaissants et aussi fidèles que nous !

Puissé-je te revoir bientôt, et retrouver avec toi

ces jours heureux qui coulent si doucement entre deux amis! Adieu.

De Paris, le 4 de la lune de Rebiab 2, 1712.

LETTRE XXVI.

USBEK A ROXANÉ.

Au sérail d'Ispahan.

QUE vous êtes heureuse, Roxane, d'être dans le doux pays de Perse, et non pas dans ces climats empoisonnés où l'on ne connoît ni la pudeur ni la vertu! Que vous êtes heureuse! Vous vivez dans mon sérail comme dans le séjour de l'innocence, inaccessible aux attentats de tous les humains ; vous vous trouvez avec joie dans une heureuse impuissance de faillir; jamais homme ne vous a souillée de ses regards lascifs : votre beau-père même, dans la liberté des festins, n'a jamais vu votre belle bouche : vous n'avez jamais manqué de vous attacher un bandeau sacré pour la couvrir. Heureuse Roxane, quand vous avez été à la campagne, vous avez toujours eu des eunuques, qui ont marché devant vous, pour donner la mort à tous les téméraires qui n'ont pas fui votre vue. Moi-même, à qui le ciel vous a donnée pour faire mon bonheur, quelle peine n'ai-je pas eue pour me rendre maître de ce trésor, que vous défendiez avec tant de constance! Quel chagrin pour moi, dans les premiers jours de notre mariage, de ne

pas vous voir! Et quelle impatience quand je vous
eus vue! Vous ne la satisfaisiez pourtant pas;
vous l'irritiez, au contraire, par les refus obstinés
d'une pudeur alarmée : vous me confondiez avec
tous ces hommes à qui vous vous cachez sans
cesse. Vous souvient-il de ce jour où je vous per-
dis parmi vos esclaves, qui me trahirent, et vous
dérobèrent à mes recherches? Vous souvient-il de
cet autre où, voyant vos larmes impuissantes,
vous employâtes l'autorité de votre mère pour ar-
rêter les fureurs de mon amour? Vous souvient-il,
lorsque toutes les ressources vous manquèrent, de
celles que vous trouvâtes dans votre courage?
Vous mîtes le poignard à la main, et menaçâtes
d'immoler un époux qui vous aimoit, s'il conti-
nuoit à exiger de vous ce que vous chérissiez plus
que votre époux même. Deux mois se passèrent
dans ce combat de l'amour et de la vertu. Vous
poussâtes trop loin vos chastes scrupules : vous
ne vous rendîtes pas même après avoir été vain-
cue; vous défendîtes jusqu'à la dernière extrémité
une virginité mourante : vous me regardâtes
comme un ennemi qui vous avoit fait un outrage;
non pas comme un époux qui vous avoit aimée;
vous fûtes plus de trois mois que vous n'osiez me
regarder sans rougir : votre air confus sembloit
me reprocher l'avantage que j'avois pris. Je n'a-
vois pas même une possession tranquille; vous
me dérobiez tout ce que vous pouviez de ces
charmes et de ces grâces; et j'étois enivré des
plus grandes faveurs sans avoir obtenu les
moindres.

Si vous aviez été élevée dans ce pays-ci, vous
n'auriez pas été si troublée : les femmes y ont
perdu toute retenue : elles se présentent devant

les hommes à visage découvert, comme si elles vouloient demander leur défaite ; elles les cherchent de leurs regards ; elles les voient dans les mosquées, les promenades, chez elles même ; l'usage de se faire servir par des eunuques leur est inconnu. Au lieu de cette noble simplicité et de cette aimable pudeur qui règne parmi vous, on voit une impudence brutale à laquelle il est impossible de s'accoutumer.

Oui, Roxane, si vous étiez ici, vous vous sentiriez outragée dans l'affreuse ignominie où votre sexe est descendu ; vous fuiriez ces abominables lieux, et vous soupireriez pour cette douce retraite, où vous trouvez l'innocence, où vous êtes sûre de vous-même, où nul péril ne vous fait trembler, où enfin vous pouvez m'aimer sans craindre de perdre jamais l'amour que vous me devez.

Quand vous relevez l'éclat de votre teint par les plus belles couleurs ; quand vous vous parfumez tout le corps des essences les plus précieuses ; quand vous vous parez de vos plus beaux habits ; quand vous cherchez à vous distinguer de vos compagnes par les grâces de la danse et par la douceur de votre chant ; que vous combattez gracieusement avec elles de charmes, de douceur et d'enjouement, je ne puis pas m'imaginer que vous ayez d'autre objet que celui de me plaire ; et quand je vous vois rougir modestement, que vos regards cherchent les miens, que vous vous insinuez dans mon cœur par des paroles douces et flatteuses, je ne saurois, Roxane, douter de votre amour.

Mais que puis-je penser des femmes d'Europe ? L'art de composer leur teint, les ornements dont elles se parent, les soins qu'elles prennent de leur personne, le désir continuel de plaire qui les

occupe, sont autant de taches faites à leur vertu et d'outrages à leurs époux.

Ce n'est pas, Roxane, que je pense qu'elles poussent l'attentat aussi loin qu'une pareille conduite devroit le faire croire, et qu'elles portent la débauche à cet excès horrible, qui fait frémir, de violer absolument la foi conjugale. Il y a bien peu de femmes assez abandonnées pour porter le crime si loin : elles portent toutes dans leur cœur un certain caractère de vertu qui y est gravé, que la naissance donne et que l'éducation affoiblit, mais ne détruit pas. Elles peuvent bien se relâcher des devoirs extérieurs que la pudeur exige; mais, quand il s'agit de faire les derniers pas, la nature se révolte. Aussi, quand nous vous enfermons si étroitement, que nous vous faisons garder par tant d'esclaves, que nous gênons si fort vos désirs lorsqu'ils volent trop loin, ce n'est pas que nous craignions la dernière infidélité, mais c'est que nous savons que la pureté ne sauroit être trop grande, et que la moindre tache peut la corrompre.

Je vous plains, Roxane. Votre chasteté, si longtemps éprouvée, méritoit un époux qui ne vous eût jamais quittée, et qui pût lui-même réprimer les désirs que votre seule vertu sait soumettre.

De Paris, le 7 de la lune de Rhégeb, 1712.

LETTRE XXVII.

USBEK A NESSIR.

A Ispahan.

Nous sommes à présent à Paris, cette superbe rivale de la ville du soleil*.

Lorsque je partis de Smyrne, je chargeai mon ami Ibben de te faire tenir une boîte où il y avoit quelques présents pour toi : tu recevras cette lettre par la même voie. Quoique éloigné de lui de cinq ou six cents lieues, je lui donne de mes nouvelles, et je reçois des siennes aussi facilement que s'il étoit à Ispahan, et moi à Com. J'envoie mes lettres à Marseille, d'où il part continuellement des vaisseaux pour Smyrne ; de là il envoie celles qui sont pour la Perse par les caravanes d'Arméniens qui partent tous les jours pour Ispahan.

Rica jouit d'une santé parfaite : la force de sa constitution, sa jeunesse et sa gaieté naturelle, le mettent au-dessus de toutes les épreuves.

Mais, pour moi, je ne me porte pas bien : mon corps et mon esprit sont abattus ; je me livre à des réflexions qui deviennent tous les jours plus tristes ; ma santé, qui s'affoiblit, me tourne vers ma patrie, et me rend ce pays-ci plus étranger.

Mais, cher Nessir, je te conjure, fais en sorte que mes femmes ignorent l'état où je suis. Si elles m'aiment, je veux épargner leurs larmes ; et si elles ne m'aiment pas, je ne veux point augmenter leur hardiesse.

* Ispahan (c'est *ville des chevaux*, qu'il eût fallu dire).

Si mes eunuques me croyoient en danger, s'ils pouvoient espérer l'impunité d'une lâche complaisance, ils cesseroient bientôt d'être sourds à la voix flatteuse de ce sexe qui se fait entendre aux rochers, et remue les choses inanimées.

Adieu, Nessir; j'ai du plaisir à te donner des marques de ma confiance.

De Paris, le 5 de la lune de Chahban, 1712.

LETTRE XXVIII.

RICA A ***.

JE vis hier une chose assez singulière, quoiqu'elle se passe tous les jours à Paris.

Tout le peuple s'assemble sur la fin de l'après-dînée, et va jouer une espèce de scène que j'ai entendu appeler comédie. Le grand mouvement est sur une estrade, qu'on nomme le théâtre. Aux deux côtés on voit, dans de petits réduits, qu'on nomme loges, des hommes et des femmes qui jouent ensemble des scènes muettes, à peu près comme celles qui sont en usage en notre Perse.

Tantôt c'est une amante affligée qui exprime sa langueur; tantôt une autre, avec des yeux vifs et un air passionné, dévore des yeux son amant, qui la regarde de même : toutes les passions sont peintes sur les visages, et exprimées avec une éloquence qui n'en est que plus vive pour être muette. Là les acteurs ne paroissent qu'à demi-corps, et ont ordinairement un manchon, par

modestie, pour cacher leurs bras. Il y a en bas une troupe de gens debout qui se moquent de ceux qui sont en haut sur le théâtre, et ces derniers rient à leur tour de ceux qui sont en bas.

Mais ceux qui prennent le plus de peine sont quelques jeunes gens, qu'on prend pour cet effet dans un âge peu avancé pour soutenir à la fatigue. Ils sont obligés d'être partout; ils passent par des endroits qu'eux seuls connoissent, montent avec une adresse surprenante d'étage en étage; ils sont en haut, en bas, dans toutes les loges; ils plongent pour ainsi dire: on les perd, ils reparoissent; souvent ils quittent le lieu de la scène, et vont jouer dans un autre. On en voit même qui, par un prodige qu'on n'auroit osé espérer de leurs béquilles, marchent et vont comme les autres. Enfin on se rend à des salles où l'on joue une comédie particulière : on commence par des révérences, on continue par des embrassades. On dit que la connoissance la plus légère met un homme en droit d'en étouffer un autre : il semble que le lieu inspire de la tendresse. En effet, on dit que les princesses qui y règnent ne sont point cruelles ; et si on excepte deux ou trois heures par jour, où elles sont assez sauvages, on peut dire que le reste du temps elles sont traitables, et que c'est une ivresse qui les quitte aisément.

Tout ce que je te dis ici se passe à peu près de même dans un autre endroit qu'on nomme l'Opéra : toute la différence est que l'on parle à l'un, et chante à l'autre. Un de mes amis me mena l'autre jour dans la loge où se déshabilloit une des principales actrices. Nous fîmes si bien connoissance, que le lendemain je reçus d'elle cette lettre :

« Monsieur,

« Je suis la plus malheureuse fille du monde ;
« j'ai toujours été la plus vertueuse actrice de
« l'Opéra. Il y a sept ou huit mois, que j'étois dans
« la loge où vous me vîtes hier ; comme je m'ha-
« billois en prêtresse de Diane, un jeune abbé
« vint m'y trouver ; et, sans respect pour mon
« habit blanc, mon voile et mon bandeau, il me
« ravit mon innocence. J'ai beau exagérer le
« sacrifice que je lui ai fait, il se met à rire, et me
« soutient qu'il m'a trouvée très-profane. Cepen-
« dant je suis si grosse, que je n'ose plus me
« présenter sur le théâtre : car je suis, sur le cha-
« pitre de l'honneur, d'une délicatesse inconce-
« vable ; et je soutiens toujours qu'à une fille
« bien née il est plus facile de faire perdre la vertu
« que la modestie. Avec cette délicatesse, vous
« jugez bien que ce jeune abbé n'eût jamais
« réussi, s'il ne m'avoit promis de se marier avec
« moi : un motif si légitime me fit passer sur les
« petites formalités ordinaires, et commencer par
« où j'aurois dû finir. Mais, puisque son infidélité
« ma déshonorée, je ne veux plus vivre à l'Opéra,
« où, entre vous et moi, l'on ne me donne guère de
« quoi vivre : car, à présent que j'avance en âge,
« et que je perds du côté des charmes, ma pen-
« sion, qui est toujours la même, semble dimi-
« nuer tous les jours. J'ai appris par un homme
« de votre suite que l'on faisoit un cas infini,
« dans votre pays, d'une bonne danseuse, et que,
« si j'étois à Ispahan, ma fortune seroit aus-
« sitôt faite. Si vous vouliez m'accorder votre
« protection, et m'emmener avec vous dans ce

« pays-là, vous auriez l'avantage de faire du bien
« à une fille qui, par sa vertu et sa conduite, ne
« se rendroit pas indigne de vos bontés. Je
« suis... »

De Paris, le 2 de la lune de Chalval, 1712.

LETTRE XXIX.

RICA A IBBEN.

A Smyrne.

LE pape est le chef des chrétiens. C'est une
vieille idole qu'on encense par habitude. Il
étoit autrefois redoutable aux princes mêmes, car il
les déposoit aussi facilement que nos magnifiques
sultans déposent les rois d'Irimette et de Géorgie.
Mais on ne le craint plus. Il se dit successeur
d'un des premiers chrétiens, qu'on appelle saint
Pierre : et c'est certainement une riche succes-
sion, car il a des trésors immenses et un grand
pays sous sa domination.

Les évêques sont des gens de loi qui lui sont
subordonnés, et ont sous son autorité deux fonc-
tions bien différentes. Quand ils sont assemblés, ils
font, comme lui, des articles de foi ; quand ils
sont en particulier, ils n'ont guère d'autre fonc-
tion que de dispenser d'accomplir la loi. Car tu
sauras que la religion chrétienne est chargée
d'une infinité de pratiques très-difficiles ; et,
comme on a jugé qu'il est moins aisé de remplir

ses devoirs que d'avoir des évèques qui en dispensent, on a pris ce dernier parti pour l'utilité publique : ainsi, si on ne veut pas faire le rahmazan, si on ne veut pas s'assujettir aux formalités des mariages, si on veut rompre ses vœux, si on veut se marier contre les défenses de la loi, quelquefois même si on veut revenir contre son serment, on va à l'évêque ou au pape, qui donne aussitôt la dispense.

Les évêques ne font pas des articles de foi de leur propre mouvement. Il y a un nombre infini de docteurs, la plupart dervis, qui soulèvent entre eux mille questions nouvelles sur la religion : on les laisse disputer longtemps, et la guerre dure jusqu'à ce qu'une décision vienne la terminer.

Aussi puis-je t'assurer qu'il n'y a jamais eu de royaume où il y ait eu tant de guerres civiles que dans celui de Christ.

Ceux qui mettent au jour quelque proposition nouvelle sont d'abord appelés hérétiques. Chaque hérésie a son nom, qui est, pour ceux qui y sont engagés, comme le mot de ralliement. Mais n'est hérétique qui ne veut : il n'y a qu'à partager le différend par la moitié, et donner une distinction à ceux qui accusent d'hérésie ; et, quelle que soit la distinction, intelligible ou non, elle rend un homme blanc comme de la neige, et il peut se faire appeler orthodoxe.

Ce que je te dis est bon pour la France et l'Allemagne : car j'ai ouï dire qu'en Espagne et en Portugal il y a de certains dervis qui n'entendent point raillerie, et qui font brûler un homme comme de la paille. Quand on tombe entre les mains de ces gens-là, heureux celui qui a toujours prié Dieu avec de petits grains de bois à la

main, qui a porté sur lui deux morceaux de drap
attachés à deux rubans, et qui a été quelquefois
dans une province qu'on appelle la Galice ! sans
cela un pauvre diable est bien embarrassé. Quand
il jureroit comme un païen qu'il est orthodoxe,
on pourroit bien ne pas demeurer d'accord des
qualités, et le brûler comme hérétique : il auroit
beau donner sa distinction ; point de distinction ;
il seroit en cendres avant que l'on eût seulement
pensé à l'écouter.

Les autres juges présument qu'un accusé est
innocent ; ceux-ci le présument toujours coupa-
ble. Dans le doute, ils tiennent pour règle de se
déterminer du côté de la rigueur : apparemment
parce qu'ils croient les hommes mauvais ; mais,
d'un autre côté, ils en ont si bonne opinion,
qu'ils ne les jugent jamais capables de mentir ;
car ils reçoivent le témoignage des ennemis capi-
taux, des femmes de mauvaise vie, de ceux qui
exercent une profession infâme. Ils font dans leur
sentence un petit compliment à ceux qui sont re-
vêtus d'une chemise de soufre, et leur disent
qu'ils sont bien fâchés de les voir si mal habillés,
qu'ils sont doux et qu'ils abhorrent le sang, et sont
au désespoir de les avoir condamnés ; mais, pour
se consoler, ils confisquent tous les biens de ces
malheureux à leur profit.

Heureuse la terre qui est habitée par les en-
fants des prophètes ! Ces tristes spectacles y sont
inconnus*. La sainte religion que les anges y ont
apportée se défend par sa vérité même ; elle n'a
point besoin de ces moyens violents pour se
maintenir.

<div style="text-align:center">A Paris, le 4 de la lune de Chalval, 1712.</div>

* Les Persans sont les plus tolérants de tous les mahométans.

LETTRE XXX.

RICA AU MÊME.

A Smyrne.

LES habitants de Paris sont d'une curiosité qui va jusqu'à l'extravagance. Lorsque j'arrivai, je fus regardé comme si j'avois été envoyé du ciel : vieillards, hommes, femmes, enfants, tous vouloient me voir. Si je sortois, tout le monde se mettoit aux fenêtres ; si j'étois aux Tuileries, je voyois aussitôt un cercle se former autour de moi ; les femmes même faisoient un arc-en-ciel nuancé de mille couleurs, qui m'entouroit. Si j'étois aux spectacles, je voyois aussitôt cent lorgnettes dressées contre ma figure : enfin jamais homme n'a tant été vu que moi. Je souriois quelquefois d'entendre des gens qui n'étoient presque jamais sortis de leur chambre, qui disoient entre eux : Il faut avouer qu'il a l'air bien persan. Chose admirable ! je trouvois de mes portraits partout ; je me voyois multiplié dans toutes les boutiques, sur toutes les cheminées, tant on craignoit de ne m'avoir pas assez vu.

Tant d'honneurs ne laissent pas d'être à charge : je ne me croyois pas un homme si curieux et si rare ; et quoique j'aie très-bonne opinion de moi, je ne me serois jamais imaginé que je dusse troubler le repos d'une grande ville où je n'étois point connu. Cela me fit résoudre à quitter l'habit persan, et à en endosser un à l'européenne,

pour voir s'il resteroit encore dans ma physiono-
mie quelque chose d'admirable. Cet essai me fit
connoître ce que je valois réellement. Libre de
tous les ornements étrangers, je me vis apprécié
au plus juste. J'eus sujet de me plaindre de mon
tailleur, qui m'avoit fait perdre en un instant l'at-
tention et l'estime publique; car j'entrai tout à
coup dans un néant affreux. Je demeurois quel-
quefois une heure dans une compagnie sans
qu'on m'eût regardé, et qu'on m'eût mis en occa-
sion d'ouvrir la bouche; mais, si quelqu'un par
hasard apprenoit à la compagnie que j'étois
Persan, j'entendois aussitôt autour de moi un
bourdonnement : Ah! ah! monsieur est Persan?
C'est une chose bien extraordinaire! Comment
peut-on être Persan?

A Paris, le 6 de la lune de Chalval, 1712.

LETTRE XXXI.

RHÉDI A USBEK.

A Paris.

JE suis à présent à Venise, mon cher Usbek. On
peut avoir vu toutes les villes du monde, et être
surpris en arrivant à Venise : on sera toujours
étonné de voir une ville, des tours et des mos-
quées sortir de dessous l'eau, et de trouver un
peuple innombrable dans un endroit où il ne de-
vroit y avoir que des poissons.

Mais cette ville profane manque du trésor le

plus précieux qui soit au monde, c'est-à-dire d'eau vive : il est impossible d'y accomplir une seule ablution légale. Elle est en abomination à notre saint prophète, et il ne la regarde jamais du haut du ciel qu'avec colère.

Sans cela, mon cher Usbek, je serois charmé de vivre dans une ville où mon esprit se forme tous les jours. Je m'instruis des secrets du commerce, des intérêts des princes, de la forme de leur gouvernement; je ne néglige pas même les superstitions européennes; je m'applique à la médecine, à la physique, à l'astronomie; j'étudie les arts : enfin je sors des nuages qui couvroient mes yeux dans le pays de ma naissance.

A Venise, le 16 de la lune de Chalval, 1712.

LETTRE XXXII.

RICA A ***.

J'ALLAI l'autre jour voir une maison où l'on entretient environ trois cents personnes assez pauvrement. J'eus bientôt fait, car l'église ni les bâtiments ne méritent pas d'être regardés. Ceux qui sont dans cette maison étoient assez gais; plusieurs d'entre eux jouoient aux cartes, ou à d'autres jeux que je ne connois point. Comme je sortois, un de ces hommes sortoit aussi; et, m'ayant entendu demander le chemin du Marais, qui est le quartier le plus éloigné de Paris : J'y vais, me dit-il, et je vous y conduirai; suivez-moi. Il me mena à merveille, me tira de tous les

embarras, et me sauva adroitement des carrosses et des voitures. Nous étions près d'arriver, quand la curiosité me prit. Mon bon ami, lui dis-je, ne pourrois-je point savoir qui vous êtes? Je suis aveugle, monsieur, me répondit-il. Comment! lui dis-je, vous êtes aveugle! Et que ne priiez-vous cet honnête homme qui jouoit aux cartes avec vous de nous conduire? Il est aveugle aussi, me répondit-il: il y a quatre cents ans que nous sommes trois cents aveugles dans cette maison où vous m'avez trouvé. Mais il faut que je vous quitte: voilà la rue que vous demandiez; je vais me mettre dans la foule; j'entre dans cette église, où, je vous jure, j'embarrasserai plus les gens qu'ils ne m'embarrasseront.

A Paris, le 17 de la lune de Chalval, 1712.

LETTRE XXXIII.

USBEK A RHÉDI.

A Venise.

LE vin est si cher à Paris, par les impôts que l'on y met, qu'il semble qu'on ait entrepris d'y faire exécuter les préceptes du divin Alcoran, qui défend d'en boire.

Lorsque je pense aux funestes effets de cette liqueur, je ne puis m'empêcher de la regarder comme le présent le plus redoutable que la nature ait fait aux hommes. Si quelque chose a flétri la vie et la réputation de nos monarques, ç'a été leur

intempérance ; c'est la source la plus empoisonnée
de leurs injustices et de leur cruautés.

Je le dirai, à la honte des hommes : la loi in-
terdit à nos princes l'usage du vin, et ils en boi-
vent avec un excès qui les dégrade de l'humanité
même ; cet usage, au contraire, est permis aux
princes chrétiens, et on ne remarque pas qu'il
leur fasse faire aucune faute. L'esprit humain est
la contradiction même : dans une débauche licen-
cieuse, on se révolte avec fureur contre les pré-
ceptes ; et la loi faite pour nous rendre plus justes
ne sert souvent qu'à nous rendre plus coupables.

Mais quand je désapprouve l'usage de cette li-
queur qui fait perdre la raison, je ne condamne pas
de même ces boissons qui l'égayent. C'est la sa-
gesse des Orientaux de chercher des remèdes
contre la tristesse avec autant de soin que contre
les maladies les plus dangereuses. Lorsqu'il ar-
rive quelque malheur à un Européen, il n'a
d'autre ressource que la lecture d'un philosophe
qu'on appelle Sénèque ; mais les Asiatiques, plus
sensés qu'eux et meilleurs physiciens en cela,
prennent des breuvages capables de rendre
l'homme gai, et de charmer le souvenir de ses
peines.

Il n'y a rien de si affligeant que les consola-
tions tirées de la nécessité du mal, de l'inutilité
des remèdes, de la fatalité du destin, de l'ordre de
la Providence, et du malheur de la condition
humaine. C'est se moquer de vouloir adoucir un
mal par la considération que l'on est né miséra-
ble ; il vaut bien mieux enlever l'esprit hors de
ses réflexions, et traiter l'homme comme sensible,
au lieu de le traiter comme raisonnable.

L'âme, unie avec le corps, en est sans cesse

tyrannisée. Si le mouvement du sang est trop lent, si les esprits ne sont pas assez épurés, s'ils ne sont pas en quantité suffisante, nous tombons dans l'accablement et dans la tristesse ; mais, si nous prenons des breuvages qui puissent changer cette disposition de notre corps, notre âme redevient capable de recevoir des impressions qui l'égayent, et elle sent un plaisir secret de voir sa machine reprendre, pour ainsi dire, son mouvement et sa vie.

A Paris, le 25 de la lune de Zilcadé, 1713.

LETTRE XXXIV.

USBEK A IBBEN.

A Smyrne.

LES femmes de Perse sont plus belles que celles de France ; mais celles de France sont plus jolies. Il est difficile de ne point aimer les premières, et de ne se point plaire avec les secondes : les unes sont plus tendres et plus modestes, les autres sont plus gaies et plus enjouées.

Ce qui rend le sang si beau en Perse, c'est la vie réglée que les femmes y mènent : elles ne jouent ni ne veillent, elles ne boivent point de vin, et ne s'exposent presque jamais à l'air. Il faut avouer que le sérail est plutôt fait pour la santé que pour les plaisirs : c'est une vie unie, qui ne pique point ; tout s'y ressent de la subordination et du devoir ;

les plaisirs mêmes y sont graves, et les joies sé-
vères ; et on ne les goûte presque jamais que
comme des marques d'autorité et de dépendance.

Les hommes mêmes n'ont pas en Perse la
même gaieté que les François : on ne leur voit
point cette liberté d'esprit et cet air content que je
trouve ici dans tous les états et dans toutes les
conditions.

C'est bien pis en Turquie, où l'on pourroit
trouver des familles où, de père en fils, personne
n'a ri depuis la fondation de la monarchie.

Cette gravité des Asiatiques vient du peu de
commerce qu'il y a entre eux : ils ne se voient
que lorsqu'ils y sont forcés par la cérémonie ;
l'amitié, ce doux engagement du cœur, qui fait
ici la douceur de la vie, leur est presque inconnue :
ils se retirent dans leurs maisons, où ils trouvent
toujours une compagnie qui les attend ; de ma-
nière que chaque famille est, pour ainsi dire, iso-
lée des autres.

Un jour que je m'entretenois là-dessus avec
un homme de ce pays-ci, il me dit : Ce qui me
choque le plus de vos mœurs, c'est que vous êtes
obligés de vivre avec des esclaves dont le cœur et
l'esprit se sentent toujours de la bassesse de leur
condition. Ces gens lâches affoiblissent en vous
les sentiments de la vertu, que l'on tient de la na-
ture, et ils les ruinent depuis l'enfance qu'ils vous
obsèdent.

Car, enfin, défaites-vous des préjugés : que
peut-on attendre de l'éducation qu'on reçoit d'un
misérable qui fait consister son honneur à garder
les femmes d'un autre, et s'enorgueillit du plus vil
emploi qui soit parmi les humains, qui est mé-
prisable par sa fidélité même, qui est la seule de

ses vertus, parce qu'il y est porté par envie, par jalousie et par désespoir ; qui, brûlant de se venger des deux sexes dont il est le rebut, consent à être tyrannisé par le plus fort, pourvu qu'il puisse désoler le plus faible ; qui, tirant de son imperfection, de sa laideur et de sa difformité, tout l'éclat de sa condition, n'est estimé que parce qu'il est indigne de l'être ; qui enfin, rivé pour jamais à la porte où il est attaché, plus dur que les gonds et les verrous qui la tiennent, se vante de cinquante ans de vie dans ce poste indigne, où, chargé de la jalousie de son maître, il a exercé toute sa bassesse ?

A Paris, le 14 de la lune de Zilhagé, 1713.

LETTRE XXXV.

USBEK A GEMCHID, SON COUSIN,

DERVIS DU BRILLANT MONASTÈRE DE TAURIS.

QUE penses-tu des chrétiens, sublime dervis ? Crois-tu qu'au jour du jugement ils seront comme les infidèles Turcs, qui serviront d'ânes aux Juifs, et seront menés par eux au grand trot en enfer ? Je sais bien qu'ils n'iront point dans le séjour des prophètes, et que le grand Ali n'est point venu pour eux. Mais, parce qu'ils n'ont pas été assez heureux pour trouver des mosquées dans leur pays, crois-tu qu'ils soient condamnés à des châtiments éternels, et que Dieu les punisse pour n'avoir pas

pratiqué une religion qu'il ne leur a pas fait con-
noître ? Je puis te le dire : j'ai souvent examiné
ces chrétiens ; je les ai interrogés pour voir s'ils
avoient quelque idée du grand Ali, qui étoit le plus
beau de tous les hommes ; j'ai trouvé qu'ils n'en
avoient jamais ouï parler.

Ils ne ressemblent point à ces infidèles que nos
saints prophètes faisoient passer au fil de l'épée,
parce qu'ils refusoient de croire aux miracles du
ciel ; ils sont plutôt comme ces malheureux qui
vivoient dans les ténèbres de l'idolâtrie avant que
la divine lumière vînt éclairer le visage de notre
grand prophète.

D'ailleurs, si on examine de près leur religion,
on y trouvera comme une semence de nos dog-
mes. J'ai souvent admiré les secrets de la Provi-
dence, qui semble les avoir voulu préparer par là
à la conversion générale. J'ai ouï parler d'un
livre de leurs docteurs, intitulé la *Polygamie
triomphante*, dans lequel il est prouvé que la poly-
gamie est ordonnée aux chrétiens. Leur baptême
est l'image de nos ablutions légales ; et les chré-
tiens n'errent que dans l'efficacité qu'ils donnent
à cette première ablution, qu'ils croient devoir
suffire pour toutes les autres. Leurs prêtres et les
moines prient comme nous sept fois le jour. Ils
espèrent de jouir d'un paradis où ils goûteront
mille délices par le moyen de la résurrection des
corps. Ils ont, comme nous, des jeûnes marqués,
des mortifications avec lesquelles ils espèrent flé-
chir la miséricorde divine. Ils rendent un culte
aux bons anges, et se méfient des mauvais. Ils
ont une sainte crédulité pour les miracles que
Dieu opère par le ministère de ses serviteurs. Ils
reconnoissent, comme nous, l'insuffisance de leurs

mérites, et les besoins qu'ils ont d'un intercesseur auprès de Dieu. Je vois partout le mahométisme, quoique je n'y trouve point Mahomet. On a beau faire, la vérité s'échappe, et perce toujours les ténèbres qui l'environnent. Il viendra un jour où l'Éternel ne verra sur la terre que de vrais croyants. Le temps, qui consume tout, détruira les erreurs mêmes. Tous les hommes seront étonnés de se voir sous le même étendard : tout, jusqu'à la loi, sera consommé ; les divins exemplaires seront enlevés de la terre, et portés dans les célestes archives.

A Paris, le 20 de la lune de Zilhagé, 1713.

LETTRE XXXVI.

USBEK A RHÉDI.

A Venise.

LE café est très en usage à Paris : il y a un grand nombre de maisons publiques où on le distribue. Dans quelques-unes de ces maisons, on dit des nouvelles ; dans d'autres, on joue aux échecs. Il y en a une où l'on apprête le café de telle manière qu'il donne de l'esprit à ceux qui en prennent : au moins, de tous ceux qui en sortent, il n'y a personne qui ne croie qu'il en a quatre fois plus que lorsqu'il y est entré.

Mais ce qui me choque de ces beaux esprits, c'est qu'ils ne se rendent pas utiles à leur patrie,

et qu'ils amusent leurs talents à des choses puériles. Par exemple, lorsque j'arrivai à Paris, je les trouvai échauffés sur une dispute la plus mince qu'il se puisse imaginer : il s'agissoit de la réputation d'un vieux poëte grec dont, depuis deux mille ans, on ignore la patrie, aussi bien que le temps de sa mort. Les deux partis avouoient que c'étoit un poëte excellent : il n'étoit question que du plus ou du moins de mérite qu'il falloit lui attribuer. Chacun en vouloit donner le taux ; mais, parmi ces distributeurs de réputation, les uns faisoient meilleur poids que les autres : voilà la querelle. Elle étoit bien vive, car on se disoit cordialement de part et d'autre des injures si grossières, on faisoit des plaisanteries si amères, que je n'admirois pas moins la manière de disputer que le sujet de la dispute. Si quelqu'un, disois-je en moi-même, étoit assez étourdi pour aller devant l'un de ces défenseurs du poëte grec attaquer la réputation de quelque honnête citoyen, il ne seroit pas mal relevé ; et je crois que ce zèle si délicat sur la réputation des morts s'embraseroit bien pour défendre celle des vivants ! Mais, quoi qu'il en soit, ajoutois-je, Dieu me garde de m'attirer jamais l'inimitié des censeurs de ce poëte, que le séjour de deux mille ans dans le tombeau n'a pu garantir d'une haine si implacable ! Ils frappent à présent des coups en l'air : mais que seroit-ce si leur fureur étoit animée par la présence d'un ennemi ?

Ceux dont je te viens de parler disputent en langue vulgaire ; et il faut les distinguer d'une autre sorte de disputeurs qui se servent d'une langue barbare qui semble ajouter quelque chose à la fureur et à l'opiniâtreté des combattants. Il y a des quartiers où l'on voit comme une mêlée noire

et épaisse de ces sortes de gens ; ils se nourrissent de distinctions, ils vivent de raisonnements obscurs et de fausses conséquences. Ce métier, où l'on devroit mourir de faim, ne laisse pas de rendre. On a vu une nation entière chassée de son pays, traverser les mers pour s'établir en France, n'emportant avec elle, pour parer aux nécessités de la vie, qu'un redoutable talent pour la dispute. Adieu.

A Paris, le dernier de la lune de Zilhagé, 1713.

LETTRE XXXVII.

USBEK A IBBEN.

A Smyrne.

LE roi de France est vieux. Nous n'avons point d'exemple dans nos histoires d'un monarque qui ait si longtemps régné. On dit qu'il possède à un très-haut degré le talent de se faire obéir : il gouverne avec le même génie sa famille, sa cour, son État. On lui a souvent entendu dire que, de tous les gouvernements du monde, celui des Turcs, ou celui de notre auguste sultan, lui plairoit le mieux : tant il fait de cas de la politique orientale.

J'ai étudié son caractère, et j'y ai trouvé des contradictions qu'il m'est impossible de résoudre : par exemple, il a un ministre qui n'a que dix-huit ans, et une maîtresse qui en a quatre-vingts ; il aime sa religion, et il ne peut souffrir ceux qui

disent qu'il la faut observer à la rigueur ; quoiqu'il fuie le tumulte des villes, et qu'il se communique peu, il n'est occupé depuis le matin jusqu'au soir qu'à faire parler de lui ; il aime les trophées et les victoires, mais il craint autant de voir un bon général à la tête de ses troupes qu'il auroit sujet de le craindre à la tête d'une armée ennemie. Il n'est, je crois, jamais arrivé qu'à lui d'être en même temps comblé de plus de richesses qu'un prince n'en sauroit espérer, et accablé d'une pauvreté qu'un particulier ne pourroit soutenir.

Il aime à gratifier ceux qui le servent ; mais il paie aussi libéralement les assiduités, ou plutôt l'oisiveté de ses courtisans, que les campagnes laborieuses de ses capitaines ; souvent il préfère un homme qui le déshabille, ou qui lui donne la serviette lorsqu'il se met à table, à un autre qui lui prend des villes ou lui gagne des batailles : il ne croit pas que la grandeur souveraine doive être gênée dans la distribution des grâces ; et, sans examiner si celui qu'il comble de biens est homme de mérite, il croit que son choix va le rendre tel ; aussi lui a-t-on vu donner une petite pension à un homme qui avait fui deux lieues, et un beau gouvernement à un autre qui en avait fui quatre.

Il est magnifique, surtout dans ses bâtiments : il y a plus de statues dans les jardins de son palais que de citoyens dans une grande ville. Sa garde est aussi forte que celle du prince devant qui tous les trônes se renversent ; ses armées sont aussi nombreuses, ses ressources aussi grandes, et ses finances aussi inépuisables.

A Paris, le 7 de la lune de Maharram, 1713.

LETTRE XXXVIII.

RICA A IBBEN.

A Smyrne.

C'EST une grande question parmi les hommes de savoir s'il est plus avantageux d'ôter aux femmes la liberté que de la leur laisser. Il me semble qu'il y a bien des raisons pour et contre. Si les Européens disent qu'il n'y a pas de générosité à rendre malheureuses les personnes que l'on aime, nos Asiatiques répondent qu'il y a de la bassesse aux hommes de renoncer à l'empire que la nature leur a donné sur les femmes. Si on leur dit que le grand nombre des femmes enfermées est embarrassant, ils répondent que dix femmes qui obéissent embarrassent moins qu'une qui n'obéit pas. Que s'ils objectent à leur tour que les Européens ne sauroient être heureux avec des femmes qui ne leur sont pas fidèles, on leur répond que cette fidélité qu'ils vantent tant n'empêche pas le dégoût qui suit toujours les passions satisfaites ; que nos femmes sont trop à nous ; qu'une possession si tranquille ne nous laisse rien à désirer ni à craindre ; qu'un peu de coquetterie est un sel qui pique et prévient la corruption. Peut-être qu'un homme plus sage que moi serait embarrassé de décider : car, si les Asiatiques font fort bien de chercher des moyens propres à calmer leurs inquiétudes, les Européens font fort bien aussi de n'en point avoir.

Après tout, disent-ils, quand nous serions malheureux en qualité de maris, nous trouverions toujours moyen de nous dédommager en qualité d'amants. Pour qu'un homme pût se plaindre avec raison de l'infidélité de sa femme, il faudroit qu'il n'y eût que trois personnes dans le monde ; ils seront toujours à but quand il y en aura quatre.

C'est une autre question de savoir si la loi naturelle soumet les femmes aux hommes. Non, me disoit l'autre jour un philosophe très-galant : la nature n'a jamais dicté une telle loi ; l'empire que nous avons sur elles est une véritable tyrannie ; elles ne nous l'ont laissé prendre que parce qu'elles ont plus de douceur que nous, et par conséquent plus d'humanité et de raison ; ces avantages, qui devoient sans doute leur donner la supériorité si nous avions été raisonnables, la leur ont fait perdre, parce que nous ne le sommes point.

Or, s'il est vrai que nous n'avons sur les femmes qu'un pouvoir tyrannique, il ne l'est pas moins qu'elles ont sur nous un empire naturel, celui de la beauté, à qui rien ne résiste. Le nôtre n'est pas de tous les pays ; mais celui de la beauté est universel. Pourquoi aurions-nous donc un privilége ? Est-ce parce que nous sommes les plus forts ? Mais c'est une véritable injustice. Nous employons toutes sortes de moyens pour leur abattre le courage ; les forces seroient égales, si l'éducation l'étoit aussi ; éprouvons-les dans les talents que l'éducation n'a point affoiblis, et nous verrons si nous sommes si forts.

Il faut l'avouer, quoique cela choque nos mœurs : chez les peuples les plus polis, les femmes

ont toujours eu de l'autorité sur leurs maris; elle
fut établie par une loi chez les Égyptiens en
l'honneur d'Isis, et chez les Babyloniens en l'hon-
neur de Sémiramis. On disoit des Romains qu'ils
commandoient à toutes les nations, mais qu'ils
obéissoient à leurs femmes. Je ne parle point des
Sauromates, qui étoient véritablement dans la
servitude du sexe; ils étoient trop barbares pour
que leur exemple puisse être cité.

Tu verras, mon cher Ibben, que j'ai pris le
goût de ce pays-ci, où l'on aime à soutenir des
opinions extraordinaires et à réduire tout en pa-
radoxe. Le prophète a décidé la question, et a
réglé les droits de l'un et de l'autre sexe. Les fem-
mes, dit-il, doivent honorer leurs maris : leurs
maris les doivent honorer; mais ils ont l'avantage
d'un degré sur elles.

A Paris, le 26 de la lune de Gemmadi 2, 1713.

LETTRE XXXIX.

HAGI * IBBI AU JUIF BEN JOSUÉ,

PROSÉLYTE MAHOMÉTAN.

A Smyrne.

IL me semble, Ben Josué, qu'il y a toujours des
signes éclatants qui préparent à la naissance
des hommes extraordinaires; comme si la nature

* Hagi est un homme qui a fait le pèlerinage de la Mecque.

souffroit une espèce de crise, et que la puissance céleste ne produisît qu'avec effort.

Il n'y a rien de si merveilleux que la naissance de Mahomet. Dieu, qui par les décrets de sa providence avoit résolu dès le commencement d'envoyer aux hommes ce grand prophète pour enchaîner Satan, créa une lumière deux-mille ans avant Adam, qui, passant d'élu en élu, d'ancêtre en ancêtre de Mahomet, parvint enfin jusques à lui comme un témoignage authentique qu'il étoit descendu des patriarches.

Ce fut aussi à cause de ce même prophète que Dieu ne voulut pas qu'aucun enfant fût conçu que la nature de la femme ne cessât d'être immonde, et que le membre viril ne fût livré à la circoncision.

Il vint au monde circoncis, et la joie parut sur son visage dès sa naissance; la terre trembla trois fois, comme si elle eût enfanté elle-même; toutes les idoles se prosternèrent; les trônes des rois furent renversés; Lucifer fut jeté au fond de la mer; et ce ne fut qu'après avoir nagé pendant quarante jours qu'il sortit de l'abîme, et s'enfuit sur le mont Cabès, d'où, avec une voix terrible, il appela les anges.

Cette nuit, Dieu posa un terme entre l'homme et la femme, qu'aucun d'eux ne pût passer. L'art des magiciens et nécromants se trouva sans vertu. On entendit une voix du ciel qui disoit ces paroles : J'ai envoyé au monde mon ami fidèle.

Selon le témoignage d'Isben Aben, historien arabe, les générations des oiseaux, des nuées, des vents, et tous les escadrons des anges, se réunirent pour élever cet enfant, et se disputèrent cet avantage. Les oiseaux disoient dans leurs

gazouillements qu'il étoit plus commode qu'ils l'é-
levassent, parce qu'ils pouvoient plus facilement
rassembler plusieurs fruits de divers lieux. Les
vents murmuroient, et disoient : C'est plutôt à
nous, parce que nous pouvons lui apporter de
tous les endroits les odeurs les plus agréables.
Non, non, disoient les nuées, non; c'est à nos
soins qu'il sera confié, parce que nous lui ferons
part à tous les instants de la fraîcheur des eaux.
Là-dessus les anges indignés s'écrioient : Que
nous restera-t-il donc à faire ? Mais une voix du
ciel fut entendue, qui termina toutes les disputes :
Il ne sera point ôté d'entre les mains des mortels,
parce que heureuses les mamelles qui l'allaite-
ront, et les mains qui le toucheront, et la mai-
son qu'il habitera, et le lit où il reposera.

Après tant de témoignages si éclatants, mon
cher Josué, il faut avoir un cœur de fer pour ne
pas croire sa sainte loi. Que pouvoit faire da-
vantage le ciel pour autoriser sa mission divine,
à moins que de renverser la nature, et de faire
périr les hommes mêmes qu'il vouloit con-
vaincre ?

A Paris, le 20 de la lune de Rhégeb, 1713.

LETTRE XL.

USBEK A IBBEN.

A Smyrne.

Dès qu'un grand est mort, on s'assemble dans
une mosquée, et l'on fait son oraison funèbre,
qui est un discours à sa louange, avec lequel on

seroit bien embarrassé de décider au juste du mérite du défunt.

Je voudrois bannir les pompes funèbres : il faut pleurer les hommes à leur naissance, et non pas à leur mort. A quoi servent les cérémonies et tout l'attirail lugubre qu'on fait paraître à un mourant dans ses derniers moments, les larmes même de sa famille, et la douleur de ses amis, qu'à lui exagérer la perte qu'il va faire ?

Nous sommes si aveugles, que nous ne savons quand nous devons nous affliger ou nous réjouir : nous n'avons presque jamais que de fausses tristesses ou de fausses joies.

Quand je vois le Mogol, qui toutes les années va sottement se mettre dans une balance et se faire peser comme un bœuf, quand je vois les peuples se réjouir de ce que ce prince est devenu plus matériel, c'est-à-dire moins capable de les gouverner, j'ai pitié, Ibben, de l'extravagance humaine.

De Paris, le 20 de la lune de Rhégeb, 1713.

LETTRE XLI.

LE PREMIER EUNUQUE NOIR A USBEK.

ISMAËL, un de tes eunuques noirs, vient de mourir, magnifique seigneur; et je ne puis m'empêcher de le remplacer. Comme les eunuques sont extrêmement rares à présent, j'avois pensé de me servir d'un esclave noir que tu as à

la campagne; mais je n'ai pú jusqu'ici le porter à
souffrir qu'on le consacrât à cet emploi. Comme
je vois qu'au bout du compte c'est son avantage,
je voulus l'autre jour user à son égard d'un peu
de rigueur; et, de concert avec l'intendant de tes
jardins, j'ordonnai que, malgré lui, on le mît en
état de te rendre les services qui flattent le plus
ton cœur, et de vivre comme moi dans ces re-
doutables lieux qu'il n'ose pas même regarder :
mais il se mit à hurler comme si on avoit voulu
l'écorcher, et fit tant qu'il échappa de nos mains,
et évita le fatal couteau. Je viens d'apprendre
qu'il veut t'écrire pour te demander grâce, sou-
tenant que je n'ai conçu ce dessein que par un
désir insatiable de vengeance sur certaines raille-
ries piquantes qu'il dit avoir faites de moi. Ce-
pendant je te jure par les cent mille prophètes
que je n'ai agi que pour le bien de ton service, la
seule chose qui me soit chère, et hors laquelle je
ne regarde rien. Je me prosterne à tes pieds.

Du sérail de Fatmé, le 7 de la lune de Maharram, 1713.

LETTRE XLII.

PHARAN A USBEK, SON SOUVERAIN
SEIGNEUR.

Si tu étois ici, magnifique seigneur, je paroîtrois
à ta vue tout couvert de papier blanc; et il
n'y en auroit pas assez encore pour écrire toutes
les insultes que ton premier eunuque noir, le

plus méchant de tous les hommes, m'a faites depuis ton départ.

Sous prétexte dé quelques railleries qu'il prétend que j'ai faites sur le malheur de sa condition, il exerce sur ma tête une vengeance inépuisable ; il a animé contre moi le cruel intendant de tes jardins, qui depuis ton départ m'oblige à des travaux insurmontables, dans lesquels j'ai pensé mille fois laisser la vie sans perdre un moment l'ardeur de te servir. Combien de fois ai-je dit en moi-même : J'ai un maître rempli de douceur, et je suis le plus malheureux esclave qui soit sur la terre !

Je te l'avoue, magnifique seigneur, je ne me croyois pas destiné à de plus grandes misères, mais ce traître d'eunuque a voulu mettre le comble à sa méchanceté. Il y a quelques jours que, de son autorité privée, il me destina à la garde dé tes femmes sacrées, c'est-à-dire à une exécution qui seroit pour moi mille fois plus cruelle que la mort. Ceux qui en naissant ont eu le malheur de recevoir de leurs cruels parents un traitement pareil, se consolent peut-être sur ce qu'ils n'ont jamais connu d'autre état que le leur ; mais qu'on me fasse descendre de l'humanité et qu'on m'en prive, je mourrois de douleur si je ne mourois pas de cette barbarie.

J'embrasse tes pieds, sublime seigneur, dans une humilité profonde : fais en sorte que je sente les effets de cette vertu si respectée, et qu'il ne soit p s dit que par ton ordre il y ait sur la terre un malheureux de plus.

Des jardins de Fatmé, le 7 de la lune de Maharram, 1713.

LETTRE XLIII.

USBEK A PHARAN.

Aux jardins de Fatmé.

Recevez la joie dans votre cœur, et reconnaissez ces sacrés caractères ; faites-les baiser au grand eunuque et à l'intendant de mes jardins. Je leur défends de mettre la main sur vous jusqu'à mon retour ; dites-leur d'acheter l'eunuque qui manque. Acquittez-vous de votre devoir comme si vous m'aviez toujours devant les yeux ; car sachez que plus mes bontés sont grandes, plus vous serez puni si vous en abusez.

De Paris, le 25 de la lune de Rhégeb, 1713.

LETTRE XLIV.

USBEK A RHÉDI.

A Venise.

Il y a en France trois sortes d'états : l'Église, l'épée et la robe. Chacun a un mépris souverain pour les deux autres : tel, par exemple, que l'on devroit mépriser parce qu'il est un sot, ne l'est souvent que parce qu'il est homme de robe.

Il n'y a pas jusqu'aux plus vils artisans qui ne disputent sur l'excellence de l'art qu'ils ont choisi ;

chacun s'élève au-dessus de celui qui est d'une profession différente, à proportion de l'idée qu'il s'est faite de la supériorité de la sienne.

Les hommes ressemblent tous, plus ou moins, à cette femme de la province d'Érivan qui, ayant reçu quelque grâce d'un de nos monarques, lui souhaita mille fois, dans les bénédictions qu'elle lui donna, que le ciel le fît gouverneur d'Érivan.

J'ai lu, dans une relation, qu'un vaisseau français ayant relâché à la côte de Guinée, quelques hommes de l'équipage voulurent aller à terre acheter quelques moutons. On les mena au roi, qui rendoit la justice à ses sujets sous un arbre. Il étoit sur son trône, c'est-à-dire sur un morceau de bois, aussi fier que s'il eût été assis sur celui du grand Mogol; il avoit trois ou quatre gardes avec des piques de bois; un parasol en forme de dais le couvroit de l'ardeur du soleil; tous ses ornements et ceux de la reine sa femme consistoient en leur peau noire et quelques bagues. Ce prince, plus vain encore que misérable, demanda à ces étrangers si l'on parloit beaucoup de lui en France. Il croyoit que son nom devoit être porté d'un pôle à l'autre; et, à la différence de ce conquérant de qui on a dit qu'il avoit fait taire toute la terre, il croyoit, lui, qu'il devoit faire parler tout l'univers.

Quant le kan de Tartarie a dîné, un héraut crie que tous les princes de la terre peuvent aller dîner, si bon leur semble; et ce barbare, qui ne mange que du lait, qui n'a pas de maison, qui ne vit que de brigandages, regarde tous les rois du monde comme ses esclaves, et les insulte régulièrement deux fois par jour.

De Paris, le 28 de la lune de Rhégeb, 1713.

LETTRE XLV.

RICA A USBEK.

A ***.

Hier matin, comme j'étois au lit, j'entendis frapper rudement à ma porte, qui fut soudain ouverte ou enfoncée par un homme avec qui j'avois lié quelque société, et qui me parut tout hors de lui-même.

Son habillement étoit beaucoup plus que modeste, sa perruque de travers n'avoit pas même été peignée ; il n'avoit pas eu le temps de faire recoudre son pourpoint noir, et il avoit renoncé, pour ce jour-là, aux sages précautions avec lesquelles il avoit coutume de déguiser le délabrement de son équipage.

Levez-vous, me dit-il ; j'ai besoin de vous tout aujourd'hui ; j'ai mille emplettes à faire, et je serai bien aise que ce soit avec vous : il faut premièrement que nous allions à la rue Saint-Honoré parler à un notaire qui est chargé de vendre une terre de cinq cent mille livres ; je veux qu'il m'en donne la préférence. En venant ici, je me suis arrêté un moment au faubourg Saint-Germain, où j'ai loué un hôtel deux mille écus, et j'espère passer le contrat aujourd'hui.

Dès que je fus habillé, ou peu s'en falloit, mon homme me fit précipitamment descendre : Commençons par aller acheter un carrosse, et établissons d'abord l'équipage. En effet, nous achetâmes

non-seulement un carrosse, mais encore pour
cent mille francs de marchandises, en moins
d'une heure; tout cela se fit promptement, parce
que mon homme ne marchanda rien, et ne compta
jamais : aussi ne déplaça-t-il pas. Je rêvois sur
tout ceci; et quand j'examinois cet homme, je
trouvois en lui une complication singulière de
richesses et de pauvreté : de manière que je ne sa-
vois que croire. Mais enfin je rompis le silence,
et, le tirant à quartier, je lui dis : Monsieur, qui
est-ce qui payera tout cela? Moi, me dit-il ; venez
dans ma chambre; je vous montrerai des trésors
immenses, et des richesses enviées des plus grands
monarques; mais elles ne le seront pas de vous,
qui les partagerez toujours avec moi. Je le suis.
Nous grimpons à son cinquième étage, et par
une échelle nous nous guindons à un sixième,
qui étoit un cabinet ouvert aux quatre vents,
dans lequel il n'y avoit que deux ou trois dou-
zaines de bassins de terre remplis de diverses li-
queurs. Je me suis levé de grand matin, me dit-il,
et j'ai fait d'abord ce que je fais depuis vingt-cinq
ans, qui est d'aller visiter mon œuvre : j'ai vu que
le grand jour étoit venu qui devoit me rendre
plus riche qu'homme qui soit sur la terre.
Voyez-vous cette liqueur vermeille? elle a à pré-
sent toutes les qualités que les philosophes de-
mandent pour faire la transmutation des métaux.
J'en ai tiré ces grains que vous voyez, qui sont
de vrai or par la couleur, quoiqu'un peu impar-
faits par leur pesanteur. Ce secret, que Nicolas-
Flamel trouva, mais que Raimond Lulle et un
million d'autres cherchèrent toujours, est venu
jusques à moi, et je me trouve aujourd'hui un
heureux adepte. Fasse le ciel que je ne me serve

de tant de trésors qu'il m'a communiqués, que pour sa gloire !

Je sortis, et je descendis, ou plutôt je me précipitai par cet escalier, transporté de colère, et laissai cet homme si riche dans son hôpital. Adieu, mon cher Usbek. J'irai te voir demain, et, si tu veux, nous reviendrons ensemble à Paris.

A Paris, le dernier de la lune de Rhégeb, 1713.

LETTRE XLVI.

USBEK A RHÉDI.

A Venise.

JE vois ici des gens qui disputent sans fin sur la religion, mais il semble qu'ils combattent ne même temps à qui l'observera le moins.

Non-seulement ils ne sont pas meilleurs chrétiens, mais même meilleurs citoyens ; et c'est ce qui me touche : car, dans quelque religion qu'on vive, l'observation des lois, l'amour pour les hommes, la piété envers les parents, sont toujours les premiers actes de religion.

En effet, le premier objet d'un homme religieux ne doit-il pas être de plaire à la divinité qui a établi la religion qu'il professe ? Mais le moyen le plus sûr pour y parvenir est sans doute d'observer les règles de la société et les devoirs de l'humanité. Car, en quelque religion qu'on

vive, dès qu'on en suppose une, il faut bien que l'on suppose aussi que Dieu aime les hommes, puisqu'il établit une religion pour les rendre heureux; que s'il aime les hommes, on est sûr de lui plaire en les aimant aussi, c'est-à-dire en exerçant envers eux tous les devoirs de la charité et de l'humanité, en ne violant point les lois sous lesquelles ils vivent.

On est bien plus sûr par là de plaire à Dieu qu'en observant telle ou telle cérémonie; car les cérémonies n'ont point un degré de bonté par elles-mêmes; elles ne sont bonnes qu'avec égard, et dans la supposition que Dieu les a commandées; mais c'est la matière d'une grande discussion : on peut facilement s'y tromper, car il faut choisir les cérémonies d'une religion entre celles de deux mille.

Un homme faisoit tous les jours à Dieu cette prière : Seigneur, je n'entends rien dans les disputes que l'on fait sans cesse à votre sujet; je voudrois vous servir selon votre volonté; mais chaque homme que je consulte veut que je vous serve à la sienne. Lorsque je veux vous faire ma prière, je ne sais en quelle langue je dois vous parler. Je ne sais non plus en quelle posture je dois me mettre : l'un dit que je dois vous prier debout; l'autre veut que je sois assis; l'autre exige que mon corps porte sur mes genoux. Ce n'est pas tout : il y en a qui prétendent que je dois me laver tous les matins avec de l'eau froide; d'autres soutiennent que vous me regarderez avec horreur, si je ne me fais pas couper un petit morceau de chair. Il m'arriva l'autre jour de manger un lapin dans un caravansérail : trois hommes qui étoient auprès de là me firent

trembler; ils me soutinrent tous trois que je vous avois grièvement offensé : l'un *a*, parce que cet animal étoit immonde ; l'autre *b*, parce qu'il étoit étouffé ; l'autre enfin *c*, parce qu'il n'étoit pas poisson. Un brachmane qui passoit par là, et que je pris pour juge, me dit : Ils ont tort, car apparemment vous n'avez pas tué vous-même cet animal. Si fait, lui dis-je. Ah ! vous avez commis une action abominable, et que Dieu ne vous pardonnera jamais, me dit-il d'une voix sévère : que savez-vous si l'âme de votre père n'étoit pas passée dans cette bête ? Toutes ces choses, Seigneur, me jettent dans un embarras inconcevable : je ne puis remuer la tête que je ne sois menacé de vous offenser ; cependant je voudrois vous plaire, et employer à cela la vie que je tiens de vous. Je ne sais si je me trompe ; mais je crois que le meilleur moyen pour y parvenir est de vivre en bon citoyen dans la société où vous m'avez fait naître, et en bon père dans la famille que vous m'avez donnée.

A Paris, le 8 de la lune de Chahban, 1713.

LETTRE XLVII.

ZACHI A USBEK.

A Paris.

J'AI une grande nouvelle à t'apprendre : je me suis réconciliée avec Zéphis ; le sérail, partagé

a. Un Juif. *b.* Un Turc. *c.* Un Arménien.

entre nous, s'est réuni. Il ne manque que toi
dans ces lieux, où la paix règne : viens, mon cher
Usbek, viens y faire triompher l'amour.

Je donnai à Zéphis un grand festin, où ta mère,
tes femmes et tes principales concubines furent
invitées ; tes tantes et plusieurs de tes cousines
s'y trouvèrent aussi ; elles étoient venues à che-
val, couvertes du sombre nuage de leurs voiles et
de leurs habits.

Le lendemain nous partîmes pour la campagne,
où nous espérions êtres plus libres ; nous montâ-
mes sur nos chameaux, et nous nous mîmes
quatre dans chaque loge. Comme la partie avoit
été faite brusquement, nous n'eûmes pas le temps
d'envoyer à la ronde annoncer le courouc ; mais
le premier eunuque, toujours industrieux, prit
une autre précaution : car il joignit à là toile qui
nous empêchoit d'être vues un rideau si épais,
que nous ne pouvions absolument voir per-
sonne.

Quand nous fûmes arrivées à cette rivière qu'il
faut traverser, chacune de nous se mit, selon la
coutume, dans une boîte, et se fit porter dans le
bateau ; car on nous dit que la rivière étoit pleine
de monde. Un curieux, qui s'approcha trop près
du lieu où nous étions enfermées, reçut un coup
mortel qui lui ôta pour jamais la lumière du
jour ; un autre, qu'on trouva se baignant tout nu
sur le rivage, eut le même sort ; et tes fidèles eu-
nuques sacrifièrent à ton honneur et au nôtre
ces deux infortunés.

Mais écoute le reste de nos aventures. Quand
nous fûmes au milieu du fleuve, un vent si impé-
tueux s'éleva et un nuage si affreux couvrit les airs,
que nos matelots commencèrent à désespérer.

Effrayées de ce péril, nous nous évanouîmes presque toutes. Je me souviens que j'entendis la voix et la dispute de nos eunuques, dont les uns disoient qu'il falloit nous avertir du péril et nous tirer de notre prison ; mais leur chef soutint toujours qu'il mourroit plutôt que de souffrir que son maître fût ainsi déshonoré, et qu'il enfonceroit un poignard dans le sein de celui qui feroit des propositions si hardies. Une de mes esclaves, toute hors d'elle, courut vers moi déshabillée, pour me secourir ; mais un eunuque noir la prit brutalement, et la fit rentrer dans l'endroit d'où elle étoit sortie. Pour lors je m'évanouis, et ne revins à moi que lorsque le péril fut passé.

Que les voyages sont embarrassants pour les femmes ! Les hommes ne sont exposés qu'aux dangers qui menacent leur vie, et nous sommes à tous les instants dans la crainte de perdre notre vie ou notre vertu. Adieu, mon cher Usbek. Je t'adorerai toujours.

Du sérail de Fatmé, le 2 de la lune de Rhamazan, 1713.

LETTRE XLVIII.

USBEK A RHÉDI.

A Venise.

Ceux qui aiment à s'instruire ne sont jamais oisifs : quoique je ne sois chargé d'aucune affaire importante, je suis cependant dans une occupation continuelle. Je passe ma vie à examiner ;

j'écris le soir ce que j'ai remarqué, ce que j'ai vu, ce que j'ai entendu dans la journée ; tout m'intéresse, tout m'étonne : je suis comme un enfant, dont les organes encore tendres sont vivement frappés par les moindres objets.

Tu ne le croirois pas peut-être ; nous sommes reçus agréablement dans toutes les compagnies et dans toutes les sociétés : je crois devoir beaucoup à l'esprit vif et à la gaieté naturelle de Rica, qui fait qu'il recherche tout le monde, et qu'il en est également recherché. Notre air étranger n'offense plus personne ; nous jouissons même de la surprise où l'on est de nous trouver quelque politesse : car les François n'imaginent pas que notre climat produise des hommes. Cependant, il faut l'avouer, ils valent la peine qu'on les détrompe.

J'ai passé quelques jours dans une maison de campagne auprès de Paris, chez un homme de considération, qui est ravi d'avoir de la compagnie chez lui. Il a une femme fort aimable, et qui joint à une grande modestie une gaieté que la vie retirée ôte toujours à nos dames de Perse.

Étranger que j'étois, je n'avois rien de mieux à faire que d'étudier, selon ma coutume, sur cette foule de gens qui y abordoit sans cesse, dont les caractères me présentoient toujours quelque chose de nouveau. Je remarquai d'abord un homme dont la simplicité me plut ; je m'attachai à lui, il s'attacha à moi : de sorte que nous nous trouvions toujours l'un auprès de l'autre.

Un jour que, dans un grand cercle, nous nous entretenions en particulier, laissant les conversations générales à elles-mêmes : Vous trouverez peut-être en moi, lui dis-je, plus de curiosité que

de politesse; mais je vous supplie d'agréer que je vous fasse quelques questions; car je m'ennuie de n'être au fait de rien, et de vivre avec des gens que je ne saurois démêler. Mon esprit travaille depuis deux jours: il n'y a pas un seul de ces hommes qui ne m'ait donné la torture plus de deux cents fois; et cependant je ne les devinerois de mille ans: ils me sont plus invisibles que les femmes de notre grand monarque. Vous n'avez qu'à dire, me répondit-il, et je vous instruirai de tout ce que vous souhaiterez; d'autant mieux que je vous crois homme discret, et que vous n'abuserez pas de ma confiance.

Qui est cet homme, lui dis-je, qui nous a tant parlé des repas qu'il a donnés aux grands, qui est si familier avec vos ducs, et qui parle si souvent à vos ministres qu'on me dit être d'un accès si difficile? Il faut bien que ce soit un homme de qualité: mais il a la physionomie si basse, qu'il ne fait guères honneur aux gens de qualité; et d'ailleurs je ne lui trouve point d'éducation. Je suis étranger; mais il me semble qu'il y a en général une certaine politesse commune à toutes les nations; je ne lui trouve point de celle-là: est-ce que vos gens de qualité sont plus mal élevés que les autres? Cet homme, me répondit-il en riant, est un fermier: il est autant au-dessus des autres par ses richesses qu'il est au-dessous de tout le monde par sa naissance; il auroit la meilleure table de Paris, s'il pouvoit se résoudre à ne manger jamais chez lui. Il est bien impertinent, comme vous voyez, mais il excelle par son cuisinier: aussi n'en est-il pas ingrat; car vous avez entendu qu'il l'a loué tout aujourd'hui.

Et ce gros homme vêtu de noir, lui dis-je, que

cette dame a fait placer auprès d'elle, comment a-t-il un habit si lugubre avec un air si gai et un teint si fleuri? Il sourit gracieusement dès qu'on lui parle; sa parure est plus modeste, mais plus arrangée que celle de vos femmes. C'est, me répondit-il, un prédicateur, et, qui pis est, un directeur. Tel que vous le voyez, il en sait plus que les maris; il connoît le foible des femmes : elles savent aussi qu'il a le sien. Comment? dis-je, il parle toujours de quelque chose qu'il appelle la grâce ? Non pas toujours, me répondit-il : à l'oreille d'une jolie femme il parle encore plus volontiers de sa chute : il foudroie en public, mais il est doux comme un agneau en particulier. Il me semble, dis-je pour lors, qu'on le distingue beaucoup, et qu'on a de grands égards pour lui. Comment ! si on le distingue! C'est un homme nécessaire; il fait la douceur de la vie retirée; petits conseils, soins officieux, visites marquées; il dissipe un mal de tête mieux qu'homme du monde; c'est un homme excellent.

Mais, si je ne vous importune pas, dites-moi qui est celui qui est vis-à-vis de nous, qui est si mal habillé; qui fait quelquefois des grimaces, et a un langage différent des autres; qui n'a pas d'esprit pour parler, mais parle pour avoir de l'esprit? C'est, me répondit-il, un poëte, et le grotesque du genre humain. Ces gens-là disent qu'ils sont nés ce qu'ils sont; cela est vrai, et aussi ce qu'ils seront toute leur vie, c'est-à-dire presque toujours les plus ridicules de tous les hommes : aussi ne les épargne-t-on point; on verse sur eux le mépris à pleines mains. La famine a fait entrer celui-ci dans cette maison ; et il y est bien reçu du maître et de la maîtresse,

dont la bonté et la politesse ne se démentent à
l'égard de personne ; il fit leur épithalame lors-
qu'ils se marièrent : c'est ce qu'il a fait de mieux
en sa vie ; car il s'est trouvé que le mariage a été
aussi heureux qu'il l'a prédit.

Vous ne le croiriez pas peut-être, ajouta-t-il,
entêté comme vous êtes des préjugés de l'Orient :
il y a parmi nous des mariages heureux, et des
femmes dont la vertu est un gardien sévère. Les
gens dont nous parlons goûtent entre eux une
paix qui ne peut être troublée ; ils sont aimés et
estimés de tout le monde : il n'y a qu'une chose ;
c'est que leur bonté naturelle leur fait recevoir
chez eux toute sorte de monde ; ce qui fait qu'il
y a quelquefois mauvaise compagnie. Ce n'est
pas que je les désapprouve ; il faut vivre avec les
gens tels qu'ils sont : les gens qu'on dit être de
bonne compagnie ne sont souvent que ceux dont
le vice est plus raffiné ; et peut-être qu'il en est
comme des poisons, dont les plus subtils sont
aussi les plus dangereux.

Et ce vieux homme, lui dis-je tout bas, qui a
l'air si chagrin ? je l'ai pris d'abord pour un
étranger ; car outre qu'il est habillé autrement
que les autres, il censure tout ce qui se fait en
France, et n'approuve pas votre gouvernement.
C'est un vieux guerrier, me dit-il, qui se rend
mémorable à tous ses auditeurs par la longueur
de ses exploits. Il ne peut souffrir que la France
ait gagné des batailles où il ne se soit pas trouvé,
ou qu'on vante un siège où il n'ait pas monté à
la tranchée : il se croit si nécessaire à notre his-
toire, qu'il s'imagine qu'elle finit où il a fini ; il
regarde quelques blessures qu'il a reçues, comme
la dissolution de la monarchie ; et, à la différence

de ces philosophes·qui disent qu'on ne jouit que du présent, et que le passé n'est rien, il ne jouit, au contraire, que du passé, et n'existe que dans les campagnes qu'il a faites : il respire dans les temps qui se sont écoulés, comme les héros doivent vivre dans ceux qui passeront après eux. Mais pourquoi, dis-je, a-t-il quitté le service? Il ne l'a point quitté, me répondit-il; mais le service l'a quitté; on l'a employé dans une petite place où il racontera le reste de ses jours; mais il n'ira jamais plus loin : le chemin des honneurs lui est fermé. Et pourquoi cela ? lui dis-je. Nous avons une maxime en France, me répondit-il: c'est de n'élever jamais les officiers dont la patience a langui dans les emplois subalternes; nous les regardons comme des gens dont l'esprit s'est comme rétréci dans les détails, et qui, par une habitude de petites choses, sont devenus incapables des plus grandes. Nous croyons qu'un homme qui n'a pas les qualités d'un général à trente ans ne les aura jamais; que celui qui n'a pas ce coup d'œil qui montre tout d'un coup un terrain de plusieurs lieues dans toutes ses situations différentes, cette présence d'esprit qui fait que dans une victoire on se sert de tous ses avantages, et dans un échec de toutes ses ressources, n'acquerra jamais ces talents : c'est pour cela que nous avons des emplois brillants pour ces hommes grands et sublimes que le ciel a partagés non-seulement d'un cœur, mais aussi d'un génie héroïque; et des emplois subalternes pour ceux dont les talents le sont aussi. De ce nombre sont ces gens qui ont vieilli dans une guerre obscure ; ils ne réussissent tout au plus qu'à faire ce qu'il ont fait toute leur vie ; et il ne faut point

commencer à les charger dans le temps qu'ils s'affoiblissent.

Un moment après, la curiosité me reprit, et je lui dis: Je m'engage à ne vous plus faire de questions, si vous voulez encore souffrir celle-ci. Qui est ce grand jeune homme qui a des cheveux, peu d'esprit et tant d'impertinence? D'où vient qu'il parle plus haut que les autres, et se sait si bon gré d'être au monde? C'est un homme à bonnes fortunes, me répondit-il. A ces mots, des gens entrèrent, d'autres sortirent, on se leva, quelqu'un vint parler à mon gentilhomme, et je restai aussi peu instruit qu'auparavant. Mais un moment après, je ne sais par quel hasard ce jeune homme se trouva auprès de moi, et, m'adressant la parole: Il fait beau; voudriez-vous, monsieur, faire un tour de parterre? Je lui répondit le plus civilement qu'il me fut possible, et nous sortîmes ensemble. Je suis venu à la campagne, me dit-il, pour faire plaisir à la maîtresse de la maison, avec laquelle je ne suis pas mal: il y a bien certaine femme dans le monde qui pestera un peu, mais qu'y faire? Je vois les plus jolies femmes de Paris; mais je ne me fixe pas à une, et je leur en donne bien à garder: car, entre vous et moi, je ne vaux pas grand chose. Apparemment, monsieur, lui dis-je, que vous avez quelque charge ou quelque emploi, qui vous empêche d'être plus assidu auprès d'elles. Non, monsieur, je n'ai d'autre emploi que de faire enrager un mari, ou désespérer un père; j'aime à alarmer une femme qui croit me tenir, et la mettre à deux doigts de ma perte. Nous sommes quelques jeunes gens qui partageons ainsi tout Paris, et l'intéressons à nos moindres démarches. A ce

que je comprends, lui dis-je, vous faites plus de bruit que le guerrier le plus valeureux, et vous êtes plus considéré qu'un grave magistrat. Si vous étiez en Perse, vous ne jouiriez pas de tous ces avantages ; vous deviendriez plus propre à garder nos dames qu'à leur plaire. Le feu me monta au visage ; et je crois que, pour peu que j'eusse parlé, je n'aurois pu m'empêcher de le brusquer.

Que dis-tu d'un pays où l'on tolère de pareilles gens, et où l'on laisse vivre un homme qui fait un tel métier? où l'infidélité, la trahison, le rapt, la perfidie et l'injustice conduisent à la considération ? où l'on estime un homme parce qu'il ôte une fille à son père, une femme à son mari, et trouble les sociétés les plus douces et les plus saintes ? Heureux les enfants d'Ali, qui défendent leurs familles de l'opprobre et de la séduction ! La lumière du jour n'est pas plus pure que le feu qui brûle dans le cœur de nos femmes : nos filles ne pensent qu'en tremblant au jour qui doit les priver de cette vertu, qui les rend semblables aux anges et aux puissances incorporelles. Terre natale et chérie, sur qui le soleil jette ses premiers regards, tu n'es point souillée par les crimes horribles qui obligent cet astre à se cacher dès qu'il paroît dans le noir Occident.

A Paris, le 5 de la lune de Rhamazan, 1713.

LETTRE XLXIX.

RICA A USBEK.

A ***.

É TANT l'autre jour dans ma chambre, je vis en-
trer un dervis extraordinairement habillé : sa
barbe descendoit jusqu'à sa ceinture de corde ; il
avoit les pieds nus ; son habit étoit gris, grossier,
et en quelques endroits pointu. Le tout me parut
si bizarre, que ma première idée fut d'envoyer
chercher un peintre pour en faire une fantaisie.

Il me fit d'abord un grand compliment, dans
lequel il m'apprit qu'il étoit homme de mérite, et
de plus capucin. On m'a dit, ajouta-t-il, mon-
sieur, que vous retournez bientôt à la cour de
Perse, où vous tenez un rang distingué : je viens
vous demander protection, et vous prier de nous
obtenir du roi une petite habitation, auprès de
Casbin, pour deux ou trois religieux. Mon père,
lui dis-je, vous voulez donc aller en Perse ? Moi,
monsieur ! me dit-il ; je m'en donnerai bien de
garde. Je suis ici provincial, et je ne troquerois
pas ma condition contre celle de tous les capu-
cins du monde. Et que diable me demandez-vous
donc ? C'est, me répondit-il, que si nous avions
cet hospice, nos pères d'Italie y enverroient deux
ou trois de leurs religieux. Vous les connoissez
apparemment, lui dis-je, ces religieux ? Non, mon-
sieur, je ne les connois pas. Eh morbleu ! que
vous importe donc qu'ils aillent en Perse ? C'est

un beau projet de faire respirer l'air de Casbin à deux capucins : cela sera très-utile et à l'Europe et à l'Asie ; il est fort nécessaire d'intéresser là-dedans des monarques : voilà ce qui s'appelle de belles colonies ! Allez, vous et vos semblables n'êtes point faits pour être transplantés, et vous ferez bien de continuer à ramper dans les endroits où vous vous êtes engendrés.

A Paris, le 15 de la lune de Rhamazan, 1713.

LETTRE L.

RICA A ***.

J'AI vu des gens chez qui la vertu étoit si naturelle, qu'elle ne se faisoit pas même sentir : ils s'attachoient à leur devoir sans s'y plier, et s'y portoient comme par instinct ; bien loin de relever par leurs discours leurs rares qualités, il sembloit qu'elles n'avoient pas percé jusqu'à eux. Voilà les gens que j'aime ; non pas ces gens vertueux qui semblent être étonnés de l'être, et qui regardent une bonne action comme un prodige dont le récit doit surprendre.

Si la modestie est une vertu nécessaire à ceux à qui le ciel a donné de grands talents, que peut-on dire de ces insectes qui osent faire paroître un orgueil qui déshonoreroit les plus grands hommes ?

Je vois de tous côtés des gens qui parlent sans cesse d'eux-mêmes : leurs conversations sont un

miroir qui présente toujours leur impertinente figure ; ils vous parleront des moindres choses qui leur sont arrivées, et ils veulent que l'intérêt qu'ils y prennent les·grossisse à vos yeux ; ils ont tout fait, tout vu, tout dit, tout pensé : ils sont un modèle universel, un sujet de comparaison inépuisable, une source d'exemples qui ne tarit jamais. Oh ! que la louange est fade lorsqu'elle réfléchit vers le lieu d'où elle part !

Il y a quelques jours qu'un homme de ce caractère nous accabla pendant deux heures de lui, de son mérite et de ses talents ; mais, comme il n'y a point de mouvement perpétuel dans le monde, il cessa de parler ; la conversation nous revint donc, et nous la prîmes.

Un homme qui paraissoit assez chagrin commença par se plaindre de l'ennui répandu dans les conversations. Quoi ! toujours des sots qui se peignent eux-mêmes, et qui ramènent tout à eux? Vous avez raison, reprit brusquement notre discoureur : il n'y a qu'à faire comme moi ; je ne me loue jamais; j'ai du bien, de la naissance, je fais de la dépense, mes amis disent que j'ai quelque esprit ; mais je ne parle jamais de tout cela : si j'ai quelques bonnes qualités, celle dont je fais le plus de cas, c'est ma modestie.

J'admirois cet impertinent ; et pendant qu'il parloit tout haut, je disois tout bas : Heureux celui qui a assez de vanité pour ne dire jamais de bien de lui; qui craint ceux qui l'écoutent; et ne compromet point son mérite avec l'orgueil des autres !

<div style="text-align:center">A Paris, le 20 de la lune de Rhamazan, 1713.</div>

LETTRE LI.

NARGUM, ENVOYÉ DE PERSE EN MOSCOVIE,

A USBEK.

A Paris.

ON m'a écrit d'Ispahan que tu avois quitté la Perse, et que tu étois actuellement à Paris. Pourquoi faut-il que j'apprenne de tes nouvelles par d'autres que par toi ?

Les ordres du roi des rois me retiennent depuis cinq ans dans ce pays-ci, où j'ai terminé plusieurs négociations importantes.

Tu sais que le czar est le seul des princes chrétiens dont les intérêts soient mêlés avec ceux de la Perse, parce qu'il est ennemi des Turcs comme nous.

Son empire est plus grand que le nôtre : car on compte deux mille lieues depuis Moscou jusqu'à la dernière place de ses États du côté de la Chine.

Il est le maître absolu de la vie et des biens de ses sujets, qui sont tous esclaves, à la réserve de quatre familles. Le lieutenant des prophètes, le roi des rois, qui a le ciel pour marchepied, ne fait pas un exercice plus redoutable de sa puissance.

A voir le climat affreux de la Moscovie, on ne croiroit jamais que ce fût une peine d'en être exilé : cependant, dès qu'un grand est disgracié, on le relègue en Sibérie.

Comme la loi de notre prophète nous défend de boire du vin, celle du prince le défend aux Moscovites.

Ils ont une manière de recevoir leurs hôtes, qui n'est point du tout persane. Dès qu'un étranger entre dans une maison, le mari lui présente sa femme ; l'étranger la baise ; et cela passe pour une politesse faite au mari.

Quoique les pères, au contrat de mariage de leurs filles, stipulent ordinairement que le mari ne les fouettera pas, cependant on ne sauroit croire combien les femmes moscovites aiment à être battues : elles ne peuvent comprendre qu'elles possèdent le cœur de leur mari, s'il ne les bat comme il faut ; une conduite opposée, de sa part, est une marque d'indifférence impardonnable. Voici une lettre qu'une d'elles écrivit dernièrement à sa mère :

« MA CHÈRE MÈRE,

« Je suis la plus malheureuse femme du monde;
« il n'y a rien que je n'aie fait pour me faire
« aimer de mon mari, et je n'ai jamais pu y réus-
« sir. Hier, j'avois mille affaires dans la maison ;
« je sortis, et je demeurai tout le jour dehors : je
« crus, à mon retour, qu'il me battroit bien fort ;
« mais il ne me dit pas un seul mot. Ma sœur est
« bien autrement traitée : son mari la roue de
« coups tous les jours ; elle ne peut pas regarder
« un homme, qu'il ne l'assomme soudain : ils
« s'aiment beaucoup aussi, et ils vivent de la
« meilleure intelligence du monde.

« C'est ce qui la rend si fière ; mais je ne lui
« donnerai pas longtemps sujet de me mépriser.

« J'ai résolu de me faire aimer de mon mari, à
« quelque prix que ce soit : je le ferai si bien en-
« rager, qu'il faudra bien qu'il me donne des
« marques d'amitié. Il ne sera pas dit que je ne
« serai pas battue, et que je vivrai dans la maison
« sans que l'on pense à moi. La moindre chique-
« naude qu'il me donnera, je crierai de toute. ma
« force, afin qu'on s'imagine qu'il y va tout de
« bon ; et je crois que, si quelque voisin venoit
« au secours, je l'étranglerois. Je vous supplie,
« ma chère mère, de vouloir bien représenter à
« mon mari qu'il me traite d'une manière indi-
« gne. Mon père, qui est un si honnête homme,
« n'agissoit pas de même ; et il me souvient, lors-
« que j'étois petite fille, qu'il me sembloit quel-
« quefois qu'il vous aimoit trop. Je vous em-
« brasse, ma chère mère. »

Les Moscovites ne peuvent point sortir de l'em-
pire, quand ce seroit pour voyager. Ainsi, séparés
des autres nations par les lois du pays, ils ont
conservé leurs anciennes coutumes avec d'autant
plus d'attachement qu'ils ne croyoient pas qu'il
fût possible qu'on en pût avoir d'autres.

Mais le prince qui règne à présent a voulu tout
changer ; il a eu de grands démêlés avec eux
au sujet de leur barbe : le clergé et les moines
n'ont pas moins combattu en faveur de leur
ignorance.

Il s'attache à faire fleurir les arts, et ne néglige
rien pour porter dans l'Europe et l'Asie la gloire
de sa nation, oubliée jusqu'ici, et presque unique-
ment connue d'elle-même.

Inquiet et sans cesse agité, il erre dans ses
vastes États, laissant partout des marques de sa
sévérité naturelle.

Il les quitte, comme s'ils ne pouvoient le contenir, et va chercher dans l'Europe d'autres provinces et de nouveaux royaumes.

Je t'embrasse, mon cher Usbek : donne-moi de tes nouvelles, je te conjure.

De Moscou, le 2 de la lune de Chalval, 1713.

———

LETTRE LII.

RICA A USBEK.

A ···.

J'ÉTOIS l'autre jour dans une société où je me divertis assez bien. Il y avoit là des femmes de tous les âges : une de quatre-vingts ans, une de soixante, une de quarante, laquelle avoit une nièce qui pouvoit en avoir vingt ou vingt-deux Un certain instinct me fit approcher de cette dernière, et elle me dit à l'oreille : Que dites-vous de ma tante, qui à son âge veut avoir des amants, et fait la jolie ? Elle a tort, lui dis-je : c'est un dessein qui ne convient qu'à vous. Un moment après, je me trouvai auprès de sa tante, qui me dit : Que dites-vous de cette femme qui a pour le moins soixante ans, qui a passé aujourd'hui plus d'une heure à sa toilette ? C'est du temps perdu, lui dis-je; et il faut avoir vos charmes pour devoir y songer. J'allai à cette malheureuse femme de soixante ans, et la plaignois dans mon âme, lorsqu'elle me dit à l'oreille : Y a-t-il rien

de si ridicule ? voyez-vous cette femme qui a quatre-vingts ans, et qui met des rubans couleur de feu ; elle veut faire la jeune, et elle y réussit : car cela approche de l'enfance. Ah ! bon Dieu, dis-je en moi-même, ne sentirons-nous jamais que le ridicule des autres ? C'est peut-être un bonheur, disois-je ensuite, que nous trouvions de la consolation dans les faiblesses d'autrui. Cependant j'étois en train de me divertir, et je dis : Nous avons assez monté, descendons à présent, et commençons par la vieille qui est au sommet. Madame, vous vous ressemblez si fort, cette dame à qui je viens de parler et vous, qu'il semble que vous soyez deux sœurs ; et je ne crois pas que vous soyez plus âgées l'une que l'autre. Eh ! vraiment, monsieur, me dit-elle, lorsque l'une mourra, l'autre devra avoir grand'peur : je ne crois pas qu'il y ait d'elle à moi deux jours de différence. Quand je tins cette femme décrépite, j'allai à celle de soixante ans : Il faut, madame, que vous décidiez un pari que j'ai fait ; j'ai gagé que cette femme et vous (lui montrant la femme de quarante ans) étiez de même âge. Ma foi, dit-elle, je ne crois pas qu'il y ait six mois de différence. Bon, m'y voilà ; continuons. Je descendis encore, et j'allai à la femme de quarante ans. Madame, faites-moi la grâce de me dire si c'est pour rire que vous appellez cette demoiselle, qui est à l'autre table, votre nièce ? Vous êtes aussi jeune qu'elle ; elle a même quelque chose dans le visage de passé, que vous n'avez certainement pas ; et ces couleurs vives qui paroissent sur votre teint... Attendez, me dit-elle : je suis sa tante, mais sa mère avoit pour le moins vingt-cinq ans plus que moi : nous n'étions pas de même lit ; j'ai ouï dire

à feu ma sœur que sa fille et moi naquîmes la même année. Je le disois bien, madame, et je n'avois pas tort d'être étonné.

Mon cher Usbek, les femmes qui se sentent finir d'avance par la perte de leurs agréments voudroient reculer vers la jeunesse. Eh ! comment ne chercheroient-elles pas à tromper les autres ? elles font tous leurs efforts pour se tromper elles-mêmes, et pour se dérober à la plus affligeante de toutes les idées.

A Paris, le 3 de la lune de Chalval, 1713.

LETTRE LIII.

ZÉLIS A USBEK.

A Paris.

JAMAIS passion n'a été plus forte et plus vive que celle de Cosrou, eunuque blanc, pour mon esclave Zélide ; il la demande en mariage avec tant de fureur, que je ne puis la lui refuser. Et pourquoi ferois-je de la résistance, lorsque sa mère n'en fait pas, et que Zélide elle-même paroît satisfaite de l'idée de ce mariage imposteur, et de l'ombre vaine qu'on lui présente ?

Que veut-elle faire de cet infortuné, qui n'aura d'un mari que la jalousie ; qui ne sortira de sa froideur que pour entrer dans un désespoir inutile ; qui se rappellera toujours la mémoire de ce qu'il a été, pour la faire souvenir de ce qu'il n'est

plus; qui, toujours prêt à se donner, et ne se donnant jamais, se trompera, la trompera sans cesse, et lui fera essuyer à chaque instant tous les malheurs de sa condition ?

Hé quoi ! être toujours dans les images et dans les fantômes ? ne vivre que pour imaginer ? se trouver toujours auprès des plaisirs et jamais dans les plaisirs ? languissante dans les bras d'un malheureux, au lieu de répondre à ses soupirs, ne répondre qu'à ses regrets ?

Quel mépris ne doit-on pas avoir pour un homme de cette espèce, fait uniquement pour garder, et jamais pour posséder ? Je cherche l'amour, et je ne le vois pas.

Je te parle librement, parce que tu aimes ma naïveté, et que tu préfères mon air libre et ma sensibilité pour les plaisirs à la pudeur feinte de mes compagnes.

Je t'ai ouï dire mille fois que les eunuques goûtent avec les femmes une sorte de volupté qui nous est inconnue ; que la nature se dédommage de ses pertes ; qu'elle a des ressources qui réparent le désavantage de leur condition ; qu'on peut bien cesser d'être homme, mais non pas d'être sensible ; et que, dans cet état, on est comme dans un troisième sens, où l'on ne fait, pour ainsi dire, que changer de plaisirs.

Si cela étoit, je trouverois Zélide moins à plaindre ; c'est quelque chose de vivre avec des gens moins malheureux.

Donne-moi tes ordres là-dessus, et fais-moi savoir si tu veux que le mariage s'accomplisse dans le sérail. Adieu.

Du sérail d'Ispahan, le 5 de la lune de Chalval, 1713.

LETTRE LIV.

RICA A USBEK.

A ···.

J'ÉTOIS ce matin dans ma chambre, laquelle,
comme tu sais, n'est séparée des autres que par
une cloison fort mince, et percée en plusieurs en-
droits; de manière qu'on entend tout ce qui se
dit dans la chambre voisine. Un homme, qui se
promenoit à grand pas, disoit à un autre : Je ne
sais ce que c'est, mais tout se tourne contre moi ;
il y a plus de trois jours que je n'ai rien dit qui
m'ait fait honneur ; et je me suis trouvé confondu
pêle-mêle dans toutes les conversations, sans qu'on
ait fait la moindre attention à moi, et qu'on m'ait
deux fois adressé la parole. J'avois préparé quel-
ques saillies pour relever mon discours; jamais on
n'a voulu souffrir que je les fisse venir : j'avois
un conte fort joli à faire; mais à mesure que j'ai
voulu l'approcher, on l'a esquivé comme si on
l'avoit fait exprès : j'ai quelques bons mots, qui
depuis quatre jours vieillissent dans ma tête, sans
que j'en aie pu faire le moindre usage. Si cela
continue, je crois qu'à la fin je serai un sot : il
semble que ce soit mon étoile, et que je ne puisse
m'en dispenser. Hier, j'avois espéré de briller avec
trois ou quatre vieilles femmes qui certainement
ne m'imposent point, et je devois dire les plus
jolies choses du monde : je fus plus d'un quart
d'heure à diriger ma conversation; mais elles ne

tinrent jamais un propos suivi, et elles coupèrent,
comme des parques fatales, le fil de tous mes dis-
cours. Veux-tu que je te dise? la réputation de
bel esprit coûte bien à soutenir. Je ne sais com-
ment tu as fait pour y parvenir. Il me vient dans
l'idée une chose, reprit l'autre : travaillons de
concert à nous donner de l'esprit; associons-nous
pour cela. Nous nous dirons chacun tous les
jours de quoi nous devons parler ; et nous nous
secourrons si bien que, si quelqu'un vient nous
interrompre au milieu de nos idées, nous l'attire-
rons nous-mêmes ; et s'il ne veut pas venir de bon
gré, nous lui ferons violence. Nous conviendrons
des endroits où il faudra approuver, de ceux où il
faudra sourire, des autres où il faudra rire tout à
fait, et à gorge déployée. Tu verras que nous
donnerons le ton à toutes les conversations, et
qu'on admirera la vivacité de notre esprit et le
bonheur de nos reparties. Nous nous protégerons
par des signes de tête mutuels. Tu brilleras au-
jourd'hui, demain tu seras mon second. J'entrerai
avec toi dans une maison, et je m'écrierai en te
montrant : Il faut que je vous dise une réponse
bien plaisante que monsieur vient de faire à un
homme que nous avons trouvé dans la rue; et je
me tournerai vers toi ; il ne s'y attendoit pas ; il a
été bien étonné. Je réciterai quelques-uns de mes
vers, et tu diras : J'y étois quand il les fit; c'étoit
dans un souper, et il ne rêva pas un moment.
Souvent même nous nous raillerons toi et moi ;
et l'on dira : Voyez comme ils s'attaquent,
comme ils se défendent; ils ne s'épargnent pas ;
voyons comme il sortira de là ; à merveille !
quelle présence d'esprit! voilà une véritable ba-
taille. Mais on ne dira pas que nous nous étions

escarmouchés dès la veille. Il faudra acheter de certains livres qui sont des recueils de bons mots composés à l'usage de ceux qui n'ont pas d'esprit et qui en veulent contrefaire : tout dépend d'avoir des modèles. Je veux qu'avant six mois nous soyons en état de tenir une conversation d'une heure toute remplie de bons mots. Mais il faudra avoir une attention ; c'est de soutenir leur fortune : ce n'est pas tout que de dire un bon mot, il faut le répandre et le semer partout ; sans cela, autant de perdu ; et je t'avoue qu'il n'y a rien de si désolant que de voir une jolie chose qu'on a dite mourir dans l'oreille d'un sot qui l'entend. Il est vrai que souvent il y a une compensation, et que nous disons aussi bien des sottises qui passent *incognito* ; et c'est la seule chose qui peut nous consoler dans cette occasion. Voilà, mon cher, le parti qu'il nous faut prendre. Fais ce que je te dirai, et je te promets avant six mois une place à l'Académie : c'est pour te dire que le travail ne sera pas long, car pour lors tu pourras renoncer à ton art ; tu seras homme d'esprit, malgré que tu en aies. On remarque en France que, dès qu'un homme entre dans une compagnie, il prend d'abord ce qu'on appelle l'esprit du corps : tu en seras de même ; et je ne crains pour toi que l'embarras des applaudissements.

A Paris, le 6 de la lune de Zilcadé, 1714.

LETTRE LV.

RICA A IBBEN.

A Smyrne.

Chez les peuples d'Europe, le premier quart d'heure du mariage aplanit toutes les difficultés ; les dernières faveurs sont toujours de même date que la bénédiction nuptiale : les femmes n'y font point comme nos Persanes, qui disputent le terrain quelquefois des mois entiers ; il n'y a rien de si plénier : si elles ne perdent rien, c'est qu'elles n'ont rien à perdre ; mais on sait toujours, chose honteuse ! le moment de leur défaite ; et, sans consulter les astres, on peut prédire au juste l'heure de la naissance de leurs enfants.

Les François ne parlent presque jamais de leurs femmes : c'est qu'ils ont peur d'en parler devant des gens qui les connoissent mieux qu'eux.

Il y a parmi eux des hommes très-malheureux que personne ne console : ce sont les maris jaloux ; il y en a que tout le monde hait : ce sont les maris jaloux ; il y en a que tous les hommes méprisent : ce sont encore les maris jaloux.

Aussi n'y a-t-il point de pays où ils soient en si petit nombre que chez les François. Leur tranquillité n'est pas fondée sur la confiance qu'ils ont en leurs femmes ; c'est au contraire sur la mauvaise opinion qu'ils en ont : toutes les sages précautions des Asiatiques, les voiles qui les couvrent,

les prisons où elles sont détenues, la vigilance des eunuques, leur paroissent des moyens plus propres à exercer l'industrie du sexe qu'à la lasser. Ici les maris prennent leur parti de bonne grâce, et regardent les infidélités comme des coups d'une étoile inévitable. Un mari qui voudroit seul posséder sa femme seroit regardé comme perturbateur de la joie publique, et comme un insensé qui voudroit jouir de la lumière du soleil à l'exclusion des autres hommes.

Ici un mari qui aime sa femme est un homme qui n'a pas assez de mérite pour se faire aimer d'une autre; qui abuse de la nécessité de la loi, pour suppléer aux agréments qui lui manquent; qui se sert de tous ses avantages au préjudice d'une société entière; qui s'approprie ce qui ne lui avoit été donné qu'en engagement, et qui agit autant qu'il est en lui pour renverser une convention tacite qui fait le bonheur de l'un et de l'autre sexe. Ce titre de mari d'une jolie femme, qui se cache en Asie avec tant de soin, se porte ici sans inquiétude : on se sent en état de faire diversion partout. Un prince se console de la perte d'une place par la prise d'une autre : dans le temps que le Turc nous prenoit Bagdad, n'enlevions-nous pas au Mogol la forteresse de Candahar ?

Un homme qui, en général, souffre les infidélités de sa femme n'est point désapprouvé; au contraire, on le loue de sa prudence : il n'y a que les cas particuliers qui déshonorent.

Ce n'est pas qu'il n'y ait des dames vertueuses, et on peut dire qu'elles sont distinguées; mon conducteur me les faisoit toujours remarquer : mais elles étoient toutes si laides, qu'il faut être un saint pour ne pas haïr la vertu.

Après ce que je t'ai dit des mœurs de ce pays-ci, tu t'imagines facilement que les François ne s'y piquent guère de constance : ils croient qu'il est aussi ridicule de jurer à une femme qu'on l'aimera toujours, que de soutenir qu'on se portera toujours bien, ou qu'on sera toujours heureux. Quand ils promettent à une femme qu'ils l'aimeront toujours, ils supposent qu'elle, de son côté, leur promet d'être toujours aimable; et si elle manque à sa parole, ils ne se croient plus engagés à la leur.

A Paris, le 7 de la lune de Zilcadé. 1714.

———————

LETTRE LVI.

USBEK A IBBEN.

A Smyrne.

Le jeu est très en usage en Europe : c'est un état que d'être joueur; ce seul titre tient lieu de naissance, de bien, de probité : il met tout homme qui le porte au rang des honnêtes gens, sans examen; quoiqu'il n'y ait personne qui ne sache qu'en jugeant ainsi il s'est trompé très-souvent : mais on est convenu d'être incorrigible.

Les femmes y sont surtout très-adonnées; il est vrai qu'elles ne s'y livrent guère dans leur jeunesse que pour favoriser une passion plus chère; mais, à mesure qu'elles vieillissent, leur passion pour le jeu semble rajeunir; et cette passion remplit tout le vide des autres.

Elles veulent ruiner leurs maris; et pour y parvenir, elles ont des moyens pour tous les âges, depuis la plus tendre jeunesse jusqu'à la vieillesse la plus décrépite : les habits et les équipages commencent le dérangement, la coquetterie l'augmente, le jeu l'achève.

J'ai vu souvent neuf ou dix femmes, ou plutôt neuf ou dix siècles, rangées autour d'une table; je les ai vues dans leurs espérances, dans leurs craintes, dans leurs joies, surtout dans leurs fureurs : tu aurois dit qu'elles n'auroient jamais le temps de s'apaiser, et que la vie alloit les quitter avant leur désespoir; tu aurois été en doute si ceux qu'elles payoiént étoient leurs créanciers, ou leurs légataires.

Il semble que notre saint prophète ait eu principalement en vue de nous priver de tout ce qui peut troubler notre raison : il nous a interdit l'usage du vin, qui la tient ensevelie; il nous a, par un précepte exprès, défendu les jeux de hasard; et quand il lui a été impossible d'ôter la cause des passions, il les a amorties. L'amour parmi nous ne porte ni trouble ni fureur : c'est une passion languissante qui laisse notre âme dans le calme; la pluralité des femmes nous sauve de leur empire; elle tempère la violence de nos désirs.

A Paris, le 10 de la lune de Zilhagé, 1714.

LETTRE LVII.

USBEK A RHÉDI.

A Venise.

LES libertins entretiennent ici un nombre infini
de filles de joie; et les dévots un nombre in-
nombrable de dervis. Ces dervis font trois vœux,
d'obéissance, de pauvreté, et de chasteté. On dit
que le premier est le mieux observé de tous; quant
au second, je te réponds qu'il ne l'est point : je te
laisse à juger du troisième.

Mais, quelque riches que soient ces dervis, ils
ne quittent jamais la qualité de pauvres; notre
glorieux sultan renonceroit plutôt à ses magni-
fiques et sublime titres : ils ont raison; car ce
titre de pauvres les empêche de l'être.

Les médecins, et quelques-uns de ces dervis,
qu'on appelle confesseurs, sont toujours ici ou
trop estimés ou trop méprisés; cependant on dit
que les héritiers s'accommodent mieux des méde-
cins que des confesseurs.

Je fus l'autre jour dans un couvent de ces
dervis; un d'entre eux, vénérable par ses che-
veux blancs, m'accueillit fort honnêtement; et,
après m'avoir fait voir toute la maison, il me
mena dans le jardin, où nous nous mîmes à
discourir. Mon père, lui dis-je, quel emploi avez-
vous dans la communauté? Monsieur, me répon-
dit-il avec un air très-content de ma question,
je suis casuiste. Casuiste? repris-je : depuis que

je suis en France, je n'ai pas ouï parler de cette charge. Quoi! vous ne savez pas ce que c'est qu'un casuiste? Eh bien! écoutez, je vais vous en donner une idée qui ne vous laissera rien à désirer. Il y a deux sortes de péchés : de mortels, qui excluent absolument du paradis; de véniels, qui offensent Dieu à la vérité, mais ne l'irritent pas au point de nous priver de la béatitude. Or tout notre art consiste à bien distinguer ces deux sortes de péchés : car, à la réserve de quelques libertins, tous les chrétiens veulent gagner le paradis; mais il n'y a guères personne qui ne le veuille gagner à meilleur marché qu'il est possible. Quand on connoît bien les péchés mortels, on tâche de ne pas commettre de ceux-là, et l'on fait son affaire. Il y a des hommes qui n'aspirent pas à une si grande perfection; et comme ils n'ont point d'ambition, ils ne se soucient pas des premières places : aussi ils entrent en paradis le plus juste qu'ils peuvent; pourvu qu'ils y soient, cela leur suffit : leur but est de n'en faire ni plus ni moins. Ce sont des gens qui ravissent le ciel plutôt qu'ils ne l'obtiennent, et qui disent à Dieu : Seigneur, j'ai accompli les conditions à la rigueur; vous ne pouvez vous empêcher de tenir vos promesses : comme je n'en ai pas fait plus que vous n'en avez demandé, je vous dispense de m'en accorder plus que vous n'en avez promis.

Nous sommes donc des gens nécessaires, monsieur. Ce n'est pas tout pourtant; vous allez bien voir autre chose. L'action ne fait pas le crime, c'est la connoissance de celui qui la commet : celui qui fait un mal, tandis qu'il peut croire que ce n'en est pas un, est en sûreté de conscience; et comme il y a un nombre infini d'actions

équivoques, un casuiste peut leur donner un degré de bonté qu'elles n'ont point, en les qualifiant telles ; et pourvu qu'il puisse persuader qu'elles n'ont pas de venin, il le leur ôte tout entier.

Je vous dis ici le secret d'un métier où j'ai vieilli ; je vous en fais voir les raffinements : il y a un tour à donner à tout, même aux choses qui en paroissent le moins suceptibles. Mon père, lui dis-je, cela est fort bon ; mais comment vous accommodez-vous avec le ciel ? Si le grand sophi avoit à sa cour un homme qui fît à son égard ce que vous faites contre votre Dieu, qui mît de la différence entre ses ordres, et qui apprît à ses sujets dans quel cas ils doivent les exécuter, et dans quel autre ils peuvent les violer, il le feroit empaler sur l'heure. Là-dessus, je saluai mon dervis, et le quittai sans attendre sa réponse.

A Paris, le 23 de la lune de Maharram, 1714.

LETTRE LVIII.

RICA A RHÉDI.

A Venise.

A Paris, mon cher Rhédi, il y a bien des métiers. Là un homme obligeant vient, pour un peu d'argent, vous offrir le secret de faire de l'or.

Un autre vous promet de vous faire coucher avec les esprits aériens, pourvu que vous soyez seulement trente ans sans voir de femmes.

Vous trouverez ensuite des devins si habiles, qu'ils vous diront toute votre vie, pourvu qu'ils aient seulement eu un quart d'heure de conversation avec vos domestiques.

Des femmes adroites font de la virginité une fleur qui périt et renaît tous les jours, et se cueille la centième fois plus douloureusement que la première.

Il y en a d'autres qui, réparant par la force de leur art toutes les injures du temps, savent rétablir sur un visage une beauté qui chancelle, et même rappeler une femme du sommet de la vieillesse pour la faire redescendre jusqu'à là jeunesse la plus tendre.

Tous ces gens-là vivent ou cherchent à vivre dans une ville qui est la mère de l'invention.

Les revenus des citoyens ne s'y afferment point: ils ne consistent qu'en esprit et en industrie; chacun a la sienne, qu'il fait valoir de son mieux.

Qui voudroit nombrer tous les gens de loi qui poursuivent le revenu de quelque mosquée, auroit aussitôt compté les sables de la mer, et les esclaves de notre monarque.

Un nombre infini dé maîtres de langues, d'arts et de sciences, enseignent ce qu'ils ne savent pas; et ce talent est bien considérable : car il ne faut pas beaucoup d'esprit pour montrer ce qu'on sait; mais il en faut infiniment pour enseigner ce qu'on ignore.

On nè peut mourir ici que subitement ; la mort ne sauroit autrement exercer son empire : car il y a dans tous les coins des gens qui ont des remèdes infaillibles contre toutes les maladies imaginables.

Toutes les boutiques sont tendues de filets

invisibles où se vont prendre tous les acheteurs. L'on en sort pourtant quelquefois à bon marché : une jeune marchande cajole un homme une heure entière, pour lui faire acheter un paquet de cure-dents.

Il n'y a personne qui ne sorte de cette ville plus précautionné qu'il n'y est entré : à force de faire part de son bien aux autres, on apprend à le conserver ; seul avantage des étrangers dans cette ville enchanteresse.

De Paris, le 10 de la lune de Saphar, 1714.

LETTRE LIX.

RICA A USBEK.

A

J'ÉTOIS l'autre jour dans une maison où il y avoit un cercle de gens de toute espèce : je trouvai la conversation occupée par deux vieilles femmes, qui avoient en vain travaillé tout le matin à se rajeunir. Il faut avouer, disoit une d'entre elles, que les hommes d'aujourd'hui sont bien différents de ceux que nous voyions dans notre jeunesse : ils étoient polis, gracieux, complaisants ; mais à présent je les trouve d'une brutalité insupportable. Tout est changé, dit pour lors un homme qui paroissoit accablé de goutte, le temps n'est plus comme il étoit : il y a quarante ans, tout le monde se portoit bien, on marchoit, on

étoit gai, on ne demandoit qu'à rire et à danser;
à présent tout le monde est d'une tristesse insup-
portable. Un moment après, la conversation tour-
na du côté de la politique. Morbleu! dit un vieux
seigneur, l'État n'est plus gouverné, trouvez-moi
à présent un ministre comme Monsieur Colbert. Je
le connoissois beaucoup, ce Monsieur Colbert; il
étoit de mes amis, il me faisoit toujours payer de
mes pensions avant qui que ce fût : le bel ordre
qu'il y avoit dans les finances! tout le monde étoit
à son aise; mais aujourd'hui je suis ruiné. Mon-
sieur, dit pour lors un ecclésiastique, vous parlez
là du temps le plus miraculeux de notre invincible
monarque; y a-t-il rien de si grand que ce qu'il
faisoit alors pour détruire l'hérésie? Et comptez-
vous pour rien l'abolition des duels? dit d'un air
content un autre homme qui n'avoit point encore
parlé. La remarque est judicieuse, me dit quel-
qu'un à l'oreille : cet homme est charmé de l'édit,
et il l'observe si bien, qu'il y a six mois il reçut
cent coups de bâton pour ne le pas violer.

Il me semble, Usbek, que nous ne jugeons
jamais des choses que par un retour secret que
nous faisons sur nous-mêmes. Je ne suis pas
surpris que les Nègres peignent le diable d'une
blancheur éblouissante, et leurs dieux noirs
comme du charbon ; que la Vénus de certains
peuples ait des mamelles qui lui pendent jus-
qu'aux cuisses; et qu'enfin tous les idolâtres aient
représenté leurs dieux avec une figure humaine,
et leur aient fait part de toutes leurs inclina-
tions. On a dit fort bien que si les triangles fai-
soient un dieu, ils lui donneroient trois côtés.

Mon cher Usbek, quand je vois des hommes
qui rampent sur un atome, c'est-à-dire la terre,

qui n'est qu'un point de l'univers, se proposer directement pour modèles de la Providence, je ne sais comment accorder tant d'extravagance avec tant de petitesse.

De Paris, le 14 de la lune de Saphar; 1714.

LETTRE LX.

USBEK A IBBEN.

A Smyrne.

Tu me demandes s'il y a des Juifs en France? Sache que, partout où il y a de l'argent, il y a des Juifs. Tu me demandes ce qu'ils y font? précisément ce qu'ils font en Perse : rien ne ressemble plus à un Juif d'Asie qu'un Juif européen.

Ils font paroître chez les chrétiens, comme parmi nous, une obstination invincible pour leur religion, qui va jusqu'à la folie.

La religion juive est un vieux tronc qui a produit deux branches qui ont couvert toute la terre, je veux dire le mahométisme et le christianisme; ou plutôt c'est une mère qui a engendré deux filles qui l'ont accablée de mille plaies : car, en fait de religion, les plus proches sont les plus grandes ennemies. Mais, quelques mauvais traitements qu'elle en ait reçus, elle ne laisse pas de se glorifier de les avoir mises au monde; elle se sert de l'une et de l'autre pour embrasser le monde entier, tandis que d'un autre côté sa vieillesse vénérable embrasse tous les temps.

Les Juifs se regardent donc comme la source de toute sainteté et l'origine de toute religion;

ils nous regardent au contraire comme des héré-
tiques qui ont changé la loi, ou plutôt comme des
Juifs rebelles.

Si le changement s'étoit fait insensiblement, ils
croient qu'ils auroient été facilement séduits :
mais comme il s'est fait tout à coup et d'une ma-
nière violente, comme ils peuvent marquer le
jour et l'heure de l'une et de l'autre naissance,
ils se scandalisent de trouver en nous des âges,
et se tiennent fermes à une religion que le monde
même n'a pas précédée.

Ils n'ont jamais eu dans l'Europe un calme pa-
reil à celui dont ils jouissent. On commence à
se défaire parmi les chrétiens de cet esprit d'into-
lérance qui les animoit : on s'est mal trouvé en
Espagne de les avoir chassés, et en France d'avoir
fatigué des chrétiens dont la croyance différoit un
peu de celle du prince. On s'est aperçu que le zèle
pour les progrès de la religion est différent de
l'attachement qu'on doit avoir pour elle ; et que,
pour l'aimer et l'observer, il n'est pas nécessaire
de haïr et de persécuter ceux qui ne l'observent
pas.

Il seroit à souhaiter que nos musulmans pen-
sassent aussi sensément sur cet article que les
chrétiens ; que l'on pût une bonne fois faire la
paix entre Ali et Abubeker, et laisser à Dieu le
soin de décider des mérites de ces saints pro-
phètes : je voudrois qu'on les honorât par des
actes de vénération et de respect, et non pas par
de vaines préférences ; et qu'on cherchât à mériter
leur faveur, quelque place que Dieu leur ait mar-
quée, soit à sa droite, ou bien sous le marchepied
de son trône.

A Paris, le 18 de la lune de Saphar, 1714.

LETTRE LXI.

USBEK A RHÉDI.

A Venise.

J'ENTRAI l'autre jour dans une église fameuse qu'on appelle Notre-Dame: pendant que j'admirois ce superbe édifice, j'eus occasion de m'entretenir avec un ecclésiastique que la curiosité y avoit attiré comme moi. La conversation tomba sur la tranquillité de sa profession. La plupart des gens, me dit-il, envient le bonheur de notre état, et ils ont raison: cependant il a ses désagréments; nous ne sommes point si séparés du monde, que nous n'y soyons appelés en mille occasions: là, nous avons un rôle très-difficile à soutenir.

Les gens du monde sont étonnants ; ils ne peuvent souffrir notre approbation, ni nos censures; si nous les voulons corriger, ils nous trouvent ridicules; si nous les approuvons, ils nous regardent comme des gens au-dessous de notre caractère. Il n'y a rien de si humiliant de penser qu'on a scandalisé les impies mêmes: nous sommes donc obligés de tenir une conduite équivoque, et d'imposer aux libertins, non pas par un caractère décidé, mais par l'incertitude où nous les mettons de la manière dont nous recevons leurs discours. Il faut avoir beaucoup d'esprit pour cela ; cet état de neutralité est difficile : les gens du monde, qui hasardent tout, qui se livrent à toutes leurs saillies, qui, selon le succès, les poussent ou les abandonnent, réussissent bien mieux.

Ce n'est pas tout : cet état si heureux et si tranquille, que l'on vante tant, nous ne le conservons pas dans le monde. Dès que nous y paroissons, on nous fait disputer ; on nous fait entreprendre, par exemple, de prouver l'utilité de la prière à un homme qui ne croit pas en Dieu, la nécessité du jeûne à un autre qui a nié toute sa vie l'immortalité de l'âme : l'entreprise est laborieuse, et les rieurs ne sont pas pour nous. Il y a plus : une certaine envie d'attirer les autres dans nos opinions nous tourmente sans cesse, et est pour ainsi dire attachée à notre profession. Cela est aussi ridicule que si on voyoit les Européens travailler, en faveur de la nature humaine, à blanchir le visage des Africains. Nous troublons l'État, nous nous tourmentons nous-mêmes, pour faire recevoir des points de religion qui ne sont point fondamentaux ; et nous ressemblons à ce conquérant de la Chine, qui poussa ses sujets à une révolte générale pour les avoir voulu obliger à se rogner les cheveux ou les ongles.

Le zèle même que nous avons pour faire remplir à ceux dont nous sommes chargés les devoirs de notre sainte religion est souvent dangereux, et il ne sauroit être accompagné de trop de prudence. Un empereur nommé Théodose fit passer au fil de l'épée tous les habitants d'une ville, même les femmes et les petits enfants : s'étant ensuite présenté pour entrer dans une église, un évêque nommé Ambroise lui fit fermer les portes, comme à un meutrier et un sacrilége ; et en cela il fit une action héroïque. Cet empereur ayant ensuite fait la pénitence qu'un tel crime exigeoit, ayant été admis dans l'église, s'alla placer parmi les prêtres ; le même évêque l'en fit sortir ; et en

cela il commit l'action d'un fanatique et d'un fou:
tant il est vrai que l'on doit se défier de son zèle.
Qu'importoit à la religion ou à l'État que ce prince
eût, ou n'eût pas, une place parmi les prêtres?

De Paris, le 1er de la lune de Rebiab 1, 1714.

LETTRE LXII.

ZÉLIS A USBEK.

A Paris.

TA fille ayant atteint sa septième année, j'ai cru
qu'il étoit temps de la faire passer dans les
appartements intérieurs du sérail, et de ne point
attendre qu'elle ait dix ans pour la confier aux
eunuques noirs: On ne sauroit de trop bonne
heure priver une jeune personne des libertés de
l'enfance, et lui donner une éducation sainte dans
les sacrés murs où la pudeur habite.

Car je ne puis être de l'avis de ces mères qui
ne renferment leurs filles que lorsqu'elles sont sur
le point de leur donner un époux; qui, les con-
damnant au sérail plutôt qu'elles ne les y consa-
crent, leur font embrasser violemment une ma-
nière de vie qu'elles auroient dû leur inspirer.
Faut-il tout attendre de la force de la raison,
et rien de la douceur de l'habitude?

C'est en vain que l'on nous parle de la subor-
dination où la nature nous a mises: ce n'est pas
assez de nous la faire sentir; il faut nous la faire

pratiquer, afin qu'elle nous soutienne dans ce temps critique où les passions commencent à naître, et à nous encourager à l'indépendance.

Si nous n'étions attachées à vous que par le devoir, nous pourrions quelquefois l'oublier; si nous n'y étions entraînées que par le penchant, peut-être un penchant plus fort pourroit l'affoiblir. Mais quand les lois nous donnent à un homme, elle nous dérobent à tous les autres, et nous mettent aussi loin d'eux que si nous en étions à cent mille lieues.

La nature, industrieuse en faveur des hommes, ne s'est pas bornée à leur donner des désirs; elle a voulu que nous en eussions nous-mêmes, et que nous fussions des instruments animés de leur félicité : elle nous a mises dans le feu des passions, pour les faire vivre tranquilles ; s'ils sortent de leur insensibilité, elle nous a destinées à les y faire rentrer, sans que nous puissions jamais goûter cet heureux état où nous les mettons.

Cependant, Usbek, ne t'imagine pas que ta situation soit plus heureuse que la mienne : j'ai goûté ici mille plaisirs que tu ne connois pas : mon imagination a travaillé sans cesse à m'en faire connoître le prix : j'ai vécu, et tu n'as fait que languir.

Dans la prison même où tu me retiens, je suis plus libre que toi : tu ne saurois redoubler tes attentions pour me faire garder, que je ne jouisse de tes inquiétudes; et tes soupçons, ta jalousie, tes chagrins, sont autant de marques de ta dépendance.

Continue, cher Usbek: fais veiller sur moi nuit et jour ; ne te fie pas même aux précautions ordinaires; augmente mon bonheur en assurant le

tien ; et sache que je ne redoute rien, que ton in-
différence.

Du sérail d'Ispahan, le 2 de la lune de Rebiab 1, 1714.

LETTRE LXIII.

RICA A USBEK.

A ***.

JE crois que tu veux passer ta vie à la campa-
gne. Je ne te perdois au commencement que
pour deux ou trois jours ; et en voilà quinze que
je ne t'ai vu : il est vrai que tu es dans une maison
charmante , que tu y trouves une société qui te
convient, que tu y raisonnes tout à ton aise : il
n'en faut pas davantage pour te faire oublier tout
l'univers.

Pour moi, je mène à peu près la même vie que
tu m'as vu mener ; je me répands dans le monde,
et je cherche à le connoître : mon esprit perd in-
sensiblement tout ce qui lui reste d'asiatique, et
se plie sans effort aux mœurs européennes. Je ne
suis plus si étonné de voir dans une maison cinq
ou six femmes avec cinq ou six hommes ; et je
trouve que cela n'est pas mal imaginé.

Je le puis dire, je ne connois les femmes que
depuis que je suis ici ; j'en ai plus appris dans
un mois que je n'aurois fait en trente ans dans un
sérail.

Chez nous les caractères sont tous uniformes.

parce qu'ils sont forcés : on ne voit pas les gens tels qu'ils sont, mais tels qu'on les oblige d'être ; dans cette servitude du cœur et de l'esprit on n'entend parler que la crainte, qui n'a qu'un langage, et non pas la nature, qui s'exprime si différemment, et qui paroît sous tant de formes.

La dissimulation, cet art parmi nous si pratiqué et si nécessaire, est ici inconnue : tout parle, tout se voit, tout s'entend ; le cœur se montre comme le visage ; dans les mœurs, dans la vertu, dans le vice même, on aperçoit toujours quelque chose de naïf.

Il faut, pour plaire aux femmes, un certain talent différent de celui qui leur plaît encore davantage : il consiste dans une espèce de badinage dans l'esprit, qui les amuse en ce qu'il semble leur promettre à chaque instant ce qu'on ne peut tenir que dans de trop longs intervalles.

Ce badinage, naturellement fait pour les toilettes, semble être venu à former le caractère général de la nation : on badine au conseil, on badine à la tête d'une armée, on badine avec un ambassadeur ; les professions ne paroissent ridicules qu'à proportion du sérieux qu'on y met : un médecin ne le seroit plus, si ses habits étoient moins lugubres, et s'il tuoit ses malades en badinant.

A Paris, le 10 de la lune de Rebiab 1, 1714.

LETTRE LXIV.

LE CHEF DES EUNUQUES NOIRS

A USBEK.

A Paris.

J E suis dans un embarras que je ne saurois t'exprimer, magnifique seigneur : le sérail est dans un désordre et une confusion épouvantable ; la guerre règne entre tes femmes ; tes eunuques sont partagés ; on n'entend que plaintes, que murmures, que reproches ; mes remontrances sont méprisées ; tout semble permis dans ce temps de licence, et je n'ai plus qu'un vain titre dans le sérail.

Il n'y a aucune de tes femmes qui ne se juge au-dessus des autres par sa naissance, par sa beauté, par ses richesses, par son esprit, par ton amour ; et qui ne fasse valoir quelques-uns de ces titres-là pour avoir toutes les préférences : je perds à chaque instant cette longue patience, avec laquelle néanmoins j'ai eu le malheur de les mécontenter toutes ; ma prudence, ma complaisance même, vertu si rare et si étrangère dans le poste que j'occupe, ont été inutiles.

Veux-tu que je te découvre, magnifique seigneur, la cause de tous ces désordres? Elle est toute dans ton cœur, et dans les tendres égards que tu as pour elles. Si tu ne me retenois par la main ; si, au lieu de la voie des remontrances, tu me laissois celle des châtiments ; si, sans te laisser

attendrir à leurs plaintes et à leurs larmes, tu les envoyois pleurer devant moi, qui ne m'attendris jamais, je les façonnerois bientôt au joug qu'elles doivent porter, et je lasserois leur humeur impérieuse et indépendante.

Enlevé dès l'âge de quinze ans du fond de l'Afrique, ma patrie, je fus d'abord vendu à un maître qui avoit plus de vingt femmes, ou concubines. Ayant jugé à mon air grave et taciturne que j'étois propre au sérail, il ordonna qu'on achevât de me rendre tel; et me fit faire une opération pénible dans les commencements, mais qui me fut heureuse dans la suite, parce qu'elle m'approcha de l'oreille et de la confiance de mes maîtres. J'entrai dans ce sérail, qui fut pour moi un nouveau monde. Le premier eunuque, l'homme le plus sévère que j'aie vu de ma vie, y gouvernoit avec un empire absolu. On n'y entendoit parler ni de divisions, ni de querelles: un silence profond régnoit partout; toutes ces femmes étoient couchées à la même heure d'un bout de l'année à l'autre, et levées à la même heure; elles entroient dans le bain tour à tour, elles en sortoient au moindre signe que nous leur en faisions; le reste du temps, elles étoient presque toujours enfermées dans leurs chambres. Il avoit une règle, qui étoit de les faire tenir dans une grande propreté, et il avoit pour cela des attentions inexprimables : le moindre refus d'obéir étoit puni sans miséricorde. Je suis, disoit-il, esclave ; mais je le suis d'un homme qui est votre maître, et le mien; et j'use du pouvoir qu'il m'a donné sur vous : c'est lui qui vous châtie, et non pas moi, qui ne fais que prêter ma main. Ces femmes n'entroient jamais dans la chambre de mon

maître qu'elles n'y fussent appelées ; elles rece-
voient cette grâce avec joie, et s'en voyoient privées
sans se plaindre. Enfin moi, qui étois le dernier
des noirs dans ce sérail tranquille, j'étois mille
fois plus respecté que je ne le suis dans le tien,
où je les commande tous.

Dès que ce grand eunuque eut connu mon gé-
nie, il tourna les yeux de mon côté; il parla de
moi à mon maître, comme d'un homme capable-
de travailler selòn ses vues, et de lui succéder
dans le poste qu'il remplissoit; il ne fut point
étonné de ma' grande jeunesse, il crut que mon
attention me tiendroit lieu d'expérience. Que te
dirai-je? je fis tant de progrès dans sa confiance,
qu'il ne faisoit plus difficulté de me confier les
clefs des lieux terribles qu'il gardoit depuis si
longtemps. C'est sous ce grand maître que j'ap-
pris l'art difficile de commander, et que je me for-
mai aux maximes d'un gouvernement inflexible :
j'étudiai sous lui le cœur des femmes; il m'apprit
à profiter de leurs foiblesses et à ne point m'é-
tonner de leurs hauteurs. Souvent il se plaisoit
de me les faire exercer même, et de les con-
duire jusqu'au dernier retranchement de l'obéis-
sance; il les faisoit ensuite revenir insensible-
ment, et vouloit que je parusse pour quelque
temps plier moi-même. Mais il falloit le voir dans
ces moments, où il les trouvoit tout près du déses-
poir, entre les prières et les reproches : il soute-
noit leurs larmes sans s'émouvoir. Voilà, disoit-il
d'un air content, comment il faut gouverner les
femmes : leur nombre ne m'embarrasse pas ;
je conduirois de même toutes celles de notre
grand monarque. Comment un homme peut-il
espérer de captiver leur cœur, si ses fidèles

eunuques n'ont commencé par soumettre leur esprit?

Il avoit non-seulement de la fermeté, mais aussi de la pénétration : il lisoit leurs pensées et leurs dissimulations; leurs gestes étudiés, leur visage feint ne lui déroboient rien; il savoit toutes leurs actions les plus cachées et leurs paroles les plus secrètes; il se servoit des unes pour connoître les autres, et il se plaisoit à récompenser la moindre confidence. Comme elles n'abordoient leur mari que lorsqu'elles étoient averties, l'eunuque y appeloit qui il vouloit, et tournoit les yeux de son maître sur celles qu'il avoit en vue ; et cette distinction étoit la récompense de quelque secret révélé : il avoit persuadé à son maître qu'il étoit du bon ordre qu'il lui laissât ce choix, afin de lui donner une autorité plus grande. Voilà comme on gouvernoit, magnifique seigneur, dans un sérail qui étoit, je crois, le mieux réglé qu'il y eût en Perse.

Laisse-moi les mains libres : permets que je me fasse obéir; huit jours remettront l'ordre dans le sein de la confusion; c'est ce que ta gloire demande, et que ta sûreté exige.

De ton sérail d'Ispahan, le 9 de la lune de Rebiab 1, 1714.

LETTRE LXV.

USBEK A SES FEMMES.

Au sérail d'Ispahan.

J'APPRENDS que le sérail est dans le désordre, et qu'il est rempli de querelles et de divisions intestines. Que vous recommandai-je en partant, que la paix et la bonne intelligence? Vous me le promîtes ; étoit-ce pour me tromper?

C'est vous qui seriez trompées, si je voulois suivre les conseils que me donne le grand eunuque, si je voulois employer mon autorité pour vous faire vivre comme mes exhortations le demandoient de vous.

Je ne sais me servir de ces moyens violents que lorsque j'ai tenté tous les autres : faites donc en votre considération ce que vous n'avez pas voulu faire à la mienne.

Le premier eunuque a grand sujet de se plaindre : il dit que vous n'avez aucun égard pour lui. Comment pouvez-vous accorder cette conduite avec la modestie de votre état ? N'est-ce pas à lui que, pendant mon absence, votre vertu est confiée ? C'est un trésor sacré, dont il est le dépositaire. Mais ces mépris que vous lui témoignez sont une marque que ceux qui sont chargés de vous faire vivre dans les lois de l'honneur vous sont à charge.

Changez donc de conduite, je vous prie; et faites en sorte que je puisse une autre fois rejeter

les propositions que l'on me fait contre votre liberté et votre repos.

Car je voudrois vous faire oublier que je suis votre maître, pour me souvenir seulement que je suis votre époux.

A Paris, le 5 de la lune de Chahban, 1714.

LETTRE LXVI.

RICA A ***.

ON s'attache ici beaucoup aux sciences, mais je ne sais si on est fort savant. Celui qui doute de tout comme philosophe n'ose rien nier comme théologien ; cet homme contradictoire est toujours content de lui, pourvu qu'on convienne des qualités.

La fureur de la plupart des François, c'est d'avoir de l'esprit ; et la fureur de ceux qui veulent avoir de l'esprit, c'est de faire des livres.

Cependant il n'y a rien de si mal imaginé : la nature sembloit avoir sagement pourvu à ce que les sottises des hommes fussent passagères, et les livres les immortalisent. Un sot devroit être content d'avoir ennuyé tous ceux qui ont vécu avec lui : il veut encore tourmenter les races futures ; il veut que sa sottise triomphe de l'oubli dont il auroit pu jouir comme du tombeau ; il veut que la postérité soit informée qu'il a vécu, et qu'elle sache à jamais qu'il a été un sot.

De tous les auteurs, il n'y en a point que je méprise

plus que les compilateurs, qui vont de tous côtés chercher des lambeaux des ouvrages des autres, qu'ils plaquent dans les leurs, comme des pièces de gazon dans un parterre : ils ne sont point au-dessus de ces ouvriers d'imprimerie qui rangent des caractères, qui, combinés ensemble, font un livre où ils n'ont fourni que la main. Je voudrois qu'on respectât les livres originaux; et il me semble que c'est une espèce de profanation de tirer les pièces qui les composent du sanctuaire où elles sont, pour les exposer à un mépris qu'elles ne méritent point.

Quand un homme n'a rien à dire de nouveau, que ne se tait-il? Qu'a-t-on affaire de ces doubles emplois? Mais je veux donner un nouvel ordre. Vous êtes un habile homme : c'est-à-dire que vous venez dans ma bibliothèque et vous mettez en bas les livres qui sont en haut, et en haut ceux qui sont en bas : vous avez fait un chef-d'œuvre.

Je t'écris sur ce sujet, ***, parce que je suis outré d'un livre que je viens de quitter, qui est si gros qu'il sembloit contenir la science univer-selle; mais il m'a rompu la tête sans m'avoir rien appris. Adieu.

A Paris, le 8 de la lune de Chahban, 1714.

LETTRE LXVII.

IBBEN A USBEK.

A Paris.

TROIS vaisseaux sont arrivés ici sans m'avoir
apporté aucune de tes nouvelles. Es-tu ma-
lade ? ou te plais-tu à m'inquiéter ?

Si tu ne m'aimes pas dans un· pays où tu n'es
lié à rien, que sera-ce au milieu de la Perse, et
dans le sein de ta famille ? Mais peut-être que je
me·trompe : tu es assez aimable pour trouver
partout des amis; le cœur est citoyen de tous
les pays : comment une âme bien faite peut-elle
s'empêcher de former des engagements ? Je te
l'avoue, je respecte les anciennes amitiés ; mais
je ne suis pas fâché d'en faire partout de nou-
velles.

En quelque pays que j'aie été, j'y ai vécu
comme si j'avois dû y passer ma vie : j'ai eu le
même empressement pour les gens vertueux, la
même compassion ou plutôt la même tendresse
pour les malheureux, la même estime pour ceux
que la prospérité n'a point aveuglés. C'est mon'
caractère, Usbek; partout où je trouverai des
hommes, je me choisirai des amis.

Il y a ici un Guèbre qui, après toi, a, je crois,
la première place dans mon cœur : c'est l'âme de
la probité même. Des raisons particulières l'ont
obligé de se retirer dans cette ville, où il vit
tranquille du produit d'un trafic honnête avec

une femme qu'il aime. Sa vie est toute marquée d'actions généreuses ; et, quoiqu'il cherche la vie obscure, il y a plus d'héroïsme dans son cœur que dans celui des plus grands monarques.

Je lui ai parlé mille fois de toi, je lui montre toutes tes lettres ; je remarque que cela lui fait plaisir, et je vois déjà que tu as un ami qui t'est inconnu.

Tu trouveras ici ses principales aventures : quelque répugnance qu'il eût à les écrire, il n'a pu les refuser à mon amitié, et je les confie à la tienne.

HISTOIRE

D'APHÉRIDON ET D'ASTARTÉ.

JE suis né parmi les Guèbres, d'une religion qui est peut-être la plus ancienne qui soit au monde. Je fus si malheureux que l'amour me vint avant la raison. J'avois à peine six ans, que je ne pouvois vivre qu'avec ma sœur ; mes yeux s'atta-choient toujours sur elle ; et lorsqu'elle me quit-toit un moment, elle les retrouvoit baignés de larmes : chaque jour n'augmentoit pas plus mon âge que mon amour. Mon père, étonné d'une si forte sympathie, auroit bien souhaité de nous marier ensemble, selon l'ancien usage des Guè-bres introduit par Cambyse ; mais la crainte des mahométans, sous le joug desquels nous vivons, empêche ceux de notre nation de penser à ces alliances saintes, que notre religion ordonne

plutôt qu'elle ne permet, et qui sont des images si naïves de l'union déjà formée par la nature.

Mon père, voyant donc qu'il auroit été dangereux de suivre mon inclination et la sienne, résolut d'éteindre une flamme qu'il croyoit naissante, mais qui étoit déjà à son dernier période ; il prétexta un voyage, et m'emmena avec lui, laissant ma sœur entre les mains d'une de ses parentes ; car ma mère étoit morte depuis deux ans. Je ne vous dirai point quel fut le désespoir de cette séparation : j'embrassai ma sœur toute baignée de larmes ; mais je n'en versai point, car la douleur m'avoit rendu comme insensible. Nous arrivâmes à Tefflis ; et mon père, ayant confié mon éducation à un de nos parents, m'y laissa et s'en retourna chez lui.

Quelque temps après j'appris qu'il avoit, par le crédit d'un de ses amis, fait entrer ma sœur dans le beiram du roi, où elle étoit au service d'une sultane. Si l'on m'avoit appris sa mort, je n'en aurois pas été plus frappé : car, outre que je n'espérois plus de la revoir, son entrée dans le beiram l'avoit rendue mahométane ; et elle ne pouvoit plus, suivant le préjugé de cette religion, me regarder qu'avec horreur. Cependant, ne pouvant plus vivre à Tefflis, las de moi-même et de la vie, je retournai à Ispahan. Mes premières paroles furent amères à mon père ; je lui reprochai d'avoir mis sa fille en un lieu où l'on ne peut entrer qu'en changeant de religion. Vous avez attiré sur votre famille, lui dis-je, la colère de Dieu et du Soleil qui vous éclaire ; vous avez plus fait que si vous aviez souillé les Éléments, puisque vous avez souillé l'âme de votre fille, qui n'est pas moins pure : j'en mourrai de douleur et d'amour ;

mais puisse ma mort être la seule peine que Dieu vous fasse sentir! A ces mots, je sortis; et pendant deux ans je passai ma vie à aller regarder les murailles du beiram, et considérer le lieu où ma sœur pouvoit être, m'exposant tous les jours mille fois à être égorgé par les eunuques qui font la ronde autour de ces redoutables lieux.

Enfin mon père mourut; et la sultane que ma sœur servoit, la voyant tous les jours croître en beauté, en devint jalouse, et la maria avec un eunuque qui la souhaitoit avec passion. Par ce moyen, ma sœur sortit du sérail, et prit avec son eunuque une maison à Ispahan.

Je fus plus de trois mois sans pouvoir lui parler; l'eunuque, le plus jaloux de tous les hommes, me remettant toujours, sous divers prétextes. Enfin j'entrai dans son beiram, et il me lui fit parler au travers d'une jalousie : des yeux de lynx ne l'auroient pas pu découvrir, tant elle étoit enveloppée d'habits et de voiles; et je ne la pus reconnoître qu'au son de sa voix. Quelle fut mon émotion quand je me vis si près et si éloigné d'elle! Je me contraignis, car j'étois examiné. Quant à elle, il me parut qu'elle versa quelques larmes. Son mari voulut me faire quelques mauvaises excuses; mais je le traitai comme le dernier des esclaves. Il fut bien embarrassé quand il vit que je parlai à ma sœur une langue qui lui étoit inconnue : c'étoit l'ancien persan, qui est notre langue sacrée. Quoi! ma sœur, lui dis-je, est-il vrai que vous avez quitté la religion de vos pères? Je sais qu'entrant au beiram vous avez dû faire profession du mahométisme; mais, dites-moi, votre cœur a-t-il pu consentir, comme votre bouche, à quitter une religion qui me permet de

vous aimer? Et pour qui la quittez-vous, cette
religion, qui doit nous être si chère? pour un mi-
sérable encore flétri des fers qu'il a portés; qui,
s'il étoit homme, seroit le dernier de tous! Mon
frère, dit-elle, cet homme dont vous parlez est
mon mari; il faut que je l'honore, tout indigne
qu'il vous paroît; et je serois aussi la dernière des
femmes si... Ah! ma sœur, lui dis-je, vous êtes
guèbre; il n'est ni votre époux, ni ne peut l'être:
si vous êtes fidèle comme vos pères, vous ne
devez le regarder que comme un monstre. Hélas!
dit-elle, que cette religion se montre à moi de
loin! à peine en savois-je les préceptes, qu'il les
fallut oublier. Vous voyez que cette langue que
je vous parle ne m'est plus familière, et que j'ai
toutes les peines du monde à m'exprimer : mais
comptez que le souvenir de notre enfance me
charme toujours; que, depuis ce temps-là, je n'ai
eu que de fausses joies; qu'il ne s'est pas passé de
jour que je n'aie pensé à vous ; que vous avez eu
plus de part que vous ne croyez à mon mariage,
et que je n'y ai été déterminée que par l'espé-
rance de vous revoir. Mais que ce jour qui m'a
tant coûté va me coûter encore. Je vous vois tout
hors de vous-même : mon mari frémit de rage et
de jalousie : je ne vous verrai plus ; je vous parle
sans doute pour la dernière fois de ma vie : si
cela étoit, mon frère, elle ne seroit pas longue. A
ces mots elle s'attendrit ; et, se voyant hors d'état
de tenir la conversation, elle me quitta le plus
désolé de tous les hommes.

Trois ou quatre jours après je demandai à voir
ma sœur : le barbare eunuque auroit bien voulu
m'en empêcher; mais, outre que ces sortes de
maris n'ont pas sur leurs femmes la même autorité

que les autres, il aimoit si éperdument ma sœur,
qu'il ne savoit lui rien refuser. Je la vis en-
core dans le même lieu et dans le même équi-
page, accompagnée de deux esclaves; ce qui me
fit avoir recours à notre langue particulière. Ma
sœur, lui dis-je, d'où vient que je ne puis vous
voir sans me trouver dans une situation affreuse?
Les murailles qui vous tiennent enfermée, ces
verrous et ces grilles, ces misérables gardiens
qui vous observent, me mettent en fureur. Com-
ment avez-vous perdu la douce liberté dont
jouissoient vos ancêtres? Votre mère, qui étoit
si chaste, ne donnoit à son mari, pour garant de
vertu, que sa vertu même : ils vivoient heureux
l'un et l'autre dans une confiance mutuelle; et
la simplicité de leurs mœurs étoit pour eux une
richesse plus précieuse mille fois que le faux
éclat dont vous semblez jouir dans cette maison
somptueuse. En perdant votre religion, vous
avez perdu votre liberté, votre bonheur, et cette
précieuse égalité qui fait l'honneur de votre sexe.
Mais ce qu'il y a de pis encore, c'est que vous
êtes, non pas la femme, car vous ne pouvez pas
l'être; mais l'esclave d'un esclave, qui a été dé-
gradé de l'humanité. Ah! mon frère, dit-elle,
respectez mon époux, respectez la religion que
j'ai embrassée : selon cette religion, je n'ai pu
vous entendre ni vous parler sans crime. Quoi!
ma sœur, lui dis-je tout transporté, vous la
croyez donc véritable, cette religion? Ah! dit-
elle, qu'il me seroit avantageux qu'elle ne le fût
pas! Je fais pour elle un trop grand sacrifice,
pour que je puisse ne la pas croire; et si mes
doutes... A ces mots elle se tut. Oui, vos doutes,
ma sœur, sont bien fondés, quels qu'ils soient.

Qu'attendez-vous d'une religion qui vous rend
malheureuse dans ce monde-ci, et ne vous laisse
point d'espérance pour l'autre ? Songez que la
nôtre est la plus ancienne qui soit au monde;
qu'elle a toujours fleuri dans la Perse; et n'a pas
d'autre origine que cet empire, dont les commence-
ments ne sont point connus; que ce n'est que le
hasard qui y a introduit le mahométisme; que
cette secte y a été établie, non par la voie de la
persuasion, mais de la conquête. Si nos princes
naturels n'avoient pas été foibles, vous verriez
régner encore le culte de ces anciens mages.
Transportez-vous dans ces siècles reculés : tout
vous parlera du magisme, et rien de la secte
mahométane, qui, plusieurs milliers d'années
après, n'étoit pas même dans son enfance. Mais,
dit-elle, quand ma religion seroit plus moderne
que la vôtre, elle est au moins plus pure, puis-
qu'elle n'adore que Dieu; au lieu que vous ado-
rez encore le Soleil, les Étoiles, le Feu, et même
les Éléments. Je vois, ma sœur, que vous avez
appris parmi les musulmans à calomnier notre
sainte religion. Nous n'adorons ni les Astres ni
les Éléments, et nos pères ne les ont jamais ado-
rés : jamais ils ne leur ont élevé des temples, ja-
mais ils ne leur ont offert des sacrifices; ils leur
ont seulement rendu un culte religieux, mais in-
férieur, comme à des ouvrages et des manifesta-
tions de la Divinité. Mais, ma sœur, au nom de
Dieu qui nous éclaire, recevez ce livre sacré que
je vous porte : c'est le livre de notre législateur
Zoroastre; lisez-le sans prévention : recevez dans
votre cœur les rayons de lumière qui vous éclai-
reront en le lisant; souvenez-vous de vos pères,
qui ont si longtemps honoré le Soleil dans la

ville sainte de Balk; et enfin souvenez-vous de
moi, qui n'espère de repos, de fortune, de vie,
que de votre changement. Je la quittai tout
transporté, et la laissai seule décider la plus
grande affaire que je pusse avoir de ma vie.

J'y retournai deux jours après; je ne lui parlai
point : j'attendis dans le silence l'arrêt de ma vie
ou de ma mort. Vous êtes aimé, mon frère, me
dit-elle, et par une Guèbre. J'ai longtemps com-
battu : mais dieux! que l'amour lève de difficul-
tés! que je suis soulagée! Je ne crains plus de
vous trop aimer, je puis ne mettre point de bor-
nes à mon amour; l'excès même en est légitime.
Ah! que ceci convient bien à l'état de mon cœur!
Mais vous, qui avez su rompre les chaînes que
mon esprit s'était forgées, quand romprez-vous
celles qui me lient les mains ? Dès ce moment je
me donne à vous : faites voir, par la promptitude
avec laquelle vous m'accepterez, combien ce pré-
sent vous est cher. Mon frère, la première fois
que je pourrai vous embrasser, je crois que je
mourrai dans vos bras. Je n'exprimerois jamais
bien la joie que je sentis à ces douces paroles,
je me crus et je me vis en effet, en un instant, le
plus heureux de tous les hommes; je vis presque
accomplir tous les désirs que j'avois formés
en vingt-cinq ans de vie, et évanouir tous les
chagrins qui me l'avoient rendue si laborieuse.
Mais, quand je me fus un peu accoutumé à ces
douces idées, je trouvai que je n'étois pas si près
de mon bonheur que je m'étois figuré tout à
coup, quoique j'eusse surmonté le plus grand de
tous les obstacles. Il falloit surprendre la vigi-
lance de ses gardiens; je n'osois confier à per-
sonne le secret de ma vie : il falloit que nous

fissions tout, elle et moi : si je manquois mon
coup, je courois risque d'être empalé; mais je ne
voyois pas de peine plus cruelle que de le man-
quer. Nous convînmes qu'elle m'enverroit de-
mander une horloge, que son père lui avoit
laissée, et que j'y mettrois dedans une lime, pour
scier les jalousies de sa fenêtre qui donnoient
dans la rue, et une corde nouée pour descendre;
que je ne la verrois plus dorénavant, mais que
j'irois toutes les nuits sous cette fenêtre attendre
qu'elle pût exécuter son dessein. Je passai quinze
nuits entières sans voir personne, parce qu'elle
n'avoit pas trouvé le temps favorable. Enfin, la
seizième, j'entendis une scie qui travailloit; de
temps en temps l'ouvrage étoit interrompu, et
dans ces intervalles ma frayeur étoit inexprimable.
Enfin, après une heure de travail, je la vis qui
attachoit la corde; elle se laissa aller, et glissa
dans mes bras. Je ne connus plus le danger, et je
restai longtemps sans bouger de là; je la condui-
sis hors de la ville, où j'avois un cheval tout
prêt; je la mis en croupe derrière moi, et m'éloi-
gnai, avec toute la promptitude imaginable, d'un
lieu qui pouvoit nous être si funeste. Nous arri-
vâmes avant le jour chez un Guèbre, dans un lieu
désert où il étoit retiré, vivant frugalement du
travail de ses mains : nous ne jugeâmes pas à
propos de rester chez lui; et, par son conseil,
nous entrâmes dans une épaisse forêt, et nous nous
mîmes dans le creux d'un vieux chêne, jusqu'à
ce que le bruit de notre évasion se fût dissipé.
Nous vivions tous deux dans ce séjour écarté,
sans témoins, nous répétant sans cesse que nous
nous aimerions toujours, attendant l'occasion
que quelque prêtre guèbre pût faire la cérémonie

du mariage prescrite par nos livres sacrés. Ma
sœur, lui dis-je, que cette union est sainte! la
nature nous avoit unis, notre sainte loi va nous
unir encore. Enfin un prêtre vint calmer notre
impatience amoureuse. Il fit dans la maison du
paysan toutes les cérémonies du mariage; il nous
bénit, et nous souhaita mille fois toute la vigueur
de Gustaspe et la sainteté de l'Hohoraspe. Bien-
tôt après nous quittâmes la Perse, où nous n'é-
tions pas en sûreté, et nous nous retirâmes en
Géorgie. Nous y vécûmes un an, tous les jours plus
charmés l'un de l'autre : mais comme mon argent
alloit finir, et que je craignois la misère pour ma
sœur, non pas pour moi, je la quittai pour aller
chercher quelque secours chez nos parents. Ja-
mais adieu ne fut plus tendre. Mais mon voyage
me fut non-seulement inutile, mais funeste : car,
ayant trouvé d'un côté tous nos biens confisqués,
de l'autre mes parents presque dans l'impuis-
sance de me secourir, je ne rapportai d'argent
précisément que ce qu'il falloit pour mon retour.
Mais quel fut mon désespoir! je ne trouvai plus
ma sœur. Quelques jours avant mon arrivée, des
Tartares avoient fait une excursion dans la ville
où elle étoit; et, comme ils la trouvèrent belle,
ils la prirent, et la vendirent à des Juifs qui al-
loient en Turquie, et ne laissèrent qu'une petite
fille dont elle étoit accouchée quelques mois au-
paravant. Je suivis ces Juifs, et je les joignis à
trois lieues de là : mes prières, mes larmes fûrent
vaines; ils me demandèrent toujours trente to-
mans, et ne se relâchèrent jamais d'un seul.
Après m'être adressé à tout le monde, avoir im-
ploré la protection des prêtres turcs et chrétiens,
je m'adressai à un marchand arménien; je lui

vendis ma fille, et me vendis aussi pour trente-
cinq tomans ; j'allai aux Juifs, je leur donnai
trente tomans, et portai les cinq autres à ma
sœur, que je n'avois pas encore vue. Vous êtes
libre, lui dis-je, ma sœur, et je puis vous em-
brasser : voilà cinq tomans que je vous porte ; j'ai
du regret qu'on ne m'ait pas acheté davantage.
Quoi ! dit-elle, vous vous êtes vendu ? Oui, lui
dis-je. Ah ! malheureux, qu'avez-vous fait ? n'é-
tois-je pas assez infortunée, sans que vous tra-
vaillassiez à me la rendre davantage ? Votre
liberté me consoloit, et votre esclavage va me
mettre au tombeau. Ah ! mon frère, que votre
amour est cruel ! Et ma fille ? je ne la vois point.
Je l'ai vendue aussi, lui dis-je. Nous fondîmes
tous deux en larmes, et n'eûmes pas la force de
nous rien dire. Enfin j'allai trouver mon maître,
et ma sœur y arriva presque aussitôt que moi ;
elle se jeta à ses genoux. Je vous demande, dit-
elle, la servitude comme les autres vous deman-
dent la liberté : prenez-moi, vous me vendrez
plus cher que mon mari. Ce fut alors qu'il se fit
un combat qui arracha les larmes des yeux de
mon maître. Malheureux ! dit-elle, as-tu pensé
que je pusse accepter ma liberté aux dépens de
la tienne ? Seigneur, vous voyez deux infortunés
qui mourront si vous nous séparez : je me donne à
vous, payez-moi ; peut-être que cet argent et mes
services pourront quelque jour obtenir de vous
ce que je n'ose vous demander : il est de votre
intérêt de ne nous point séparer ; comptez que je
dispose de sa vie. L'Arménien était un homme
doux, qui fut touché de nos malheurs. Servez-
moi l'un et l'autre avec fidélité et avec zèle, et je
vous promets que dans un an je vous donnerai

votre liberté : je vois que vous ne méritez, ni l'un ni l'autre, les malheurs de votre condition ; si, lorsque vous serez libres, vous êtes aussi heureux que vous le méritez, si la fortune vous rit, je suis certain que vous me satisferez de la perte que je souffrirai. Nous embrassâmes tous deux ses genoux, et le suivîmes dans son voyage. Nous nous soulagions l'un et l'autre dans les travaux de la servitude, et j'étois charmé lorsque j'avois pu faire l'ouvrage qui étoit tombé à ma sœur.

La fin de l'année arriva : notre maître tint sa parole, et nous délivra. Nous retournâmes à Tefflis : là je trouvai un ancien ami de mon père, qui exerçoit avec succès la médecine dans cette ville ; il me prêta quelque argent avec lequel je fis quelque négoce. Quelques affaires m'appelèrent ensuite à Smyrne, où je m'établis. J'y vis depuis six ans, et j'y jouis de la plus aimable et de la plus douce société du monde : l'union règne dans ma famille, et je ne changerois pas ma condition pour celle de tous les rois du monde. J'ai été assez heureux pour retrouver le marchand arménien à qui je dois tout, et lui ai rendu des services signalés.

A Smyrne, le 27 de la lune de Gemmadi 2, 1714.

LETTRE LXVIII.

RICA A USBEK.

A ····.'

J'ALLAI l'autre jour dîner chez un homme de robe, qui m'en avoit prié plusieurs fois. Après avoir parlé de bien des choses, je lui dis : Monsieur, il me paroît que votre métier est bien pénible. Pas tant que vous vous imaginez, répondit-il : de la manière dont nous le faisons, ce n'est qu'un amusement. Mais comment ! n'avez-vous pas toujours la tête remplie des affaires d'autrui? n'êtes-vous pas toujours occupé de choses qui ne sont point intéressantes? Vous avez raison : ces choses ne sont point intéressantes, car nous nous y intéressons si peu que rien; et cela même fait que le métier n'est pas si fatigant que vous dites. Quand je vis qu'il prenoit la chose d'une manière si dégagée, je continuai, et lui dis : Monsieur, je n'ai point vu votre cabinet. Je le crois, car je n'en ai point. Quand je pris cette charge, j'eus besoin d'argent pour payer mes provisions; je vendis ma bibliothèque; et le libraire qui la prit, d'un nombre prodigieux de volumes, ne me laissa que mon livre de raison. Ce n'est pas que je les regrette : nous autres juges ne nous enflons point d'une vaine science. Qu'avons-nous affaire de tous ces volumes de lois? Presque tous les cas sont hypothétiques et sortent de la règle générale. Mais ne seroit-ce pas, monsieur, lui dis-je,

parce que vous les en faites sortir? Car enfin
pourquoi chez tous les peuples du monde y
auroit-il des lois si elles n'avoient pas leur appli-
cation ? et comment peut-on les appliquer si on
ne les sait pas ? Si vous connaissiez le Palais, re-
prit le magistrat, vous ne parleriez pas comme
vous faites : nous avons des livres vivants, qui
sont les avocats; ils travaillent pour nous, et se
chargent de nous instruire. Et ne se chargent-ils
pas aussi quelquefois de vous tromper? lui re-
partis-je. Vous ne feriez donc pas mal de vous
garantir de leurs embûches ; ils ont des armes
avec lesquelles ils attaquent votre équité; il se-
roit bon que vous en eussiez aussi pour la défen-
dre, et que vous n'allassiez pas vous mettre dans
la mêlée, habillés à la légère, parmi des gens cui-
rassés jusqu'aux dents.

A Paris, le 13 de la lune de Chahban, 1714.

LETTRE LXIX.

USBEK A RHÉDI.

A Venise.

Tu ne te serois jamais imaginé que je fusse de-
venu plus métaphysicien que je ne l'étois :
cela est pourtant, et tu en seras convaincu quand
tu auras essuyé ce débordement de ma philo-
sophie.

Les philosophes les plus sensés qui ont réfléchi

sur la nature de Dieu ont dit qu'il étoit un être souverainement parfait; mais ils ont extrêmement abusé de cette idée : ils ont fait une énumération de toutes' les perfections différentes que l'homme est capable d'avoir et d'imaginer, et en ont chargé l'idée de la divinité, sans songer que souvent ces attributs s'entr'empêchent, et qu'ils ne peuvent subsister dans un même sujet sans se détruire.

Les poëtes d'Occident disent qu'un peintre ayant voulu faire le portrait de la déesse de la beauté, assembla les plus belles Grecques, et prit de chacune ce qu'elle avoit de plus gracieux, dont il fit un tout pour ressembler à la plus belle de toutes les déesses. Si un homme en avoit conclu qu'elle étoit blonde ou brune, qu'elle avoit les yeux noirs et bleus, qu'elle étoit douce et fière, il auroit passé pour ridicule.

Souvent Dieu manque d'une perfection qui pourroit lui donner une grande imperfection; mais il n'est jamais limité que par lui-même : il est lui-même sa nécessité : ainsi, quoique Dieu soit tout-puissant, il ne peut pas violer ses promesses, ni tromper les hommes. Souvent même l'impuissance n'est pas dans lui, mais dans les choses relatives; et c'est la raison pourquoi il ne peut pas changer les essences.

Ainsi il n'y a point sujet de s'étonner que quelques-uns de nos docteurs aient osé nier la prescience infinie de Dieu, sur ce fondement qu'elle est incompatible avec sa justice.

Quelque hardie que soit cette idée, la métaphysique s'y prête merveilleusement. Selon ses principes, il n'est pas possible que Dieu prévoie les choses qui dépendent de la détermination des

causes libres, parce que ce qui n'est point arrivé n'est point, et par conséquent ne peut être connu; car le rien, qui n'a point de propriétés, ne peut être aperçu : Dieu ne peut point lire dans une volonté qui n'est point, et voir dans l'âme une chose qui n'existe point en elle; car, jusqu'à ce qu'elle se soit déterminée, cette action qui la détermine n'est point en elle.

L'âme est l'ouvrière de sa détermination; mais il y a des occasions où elle est tellement indéterminée qu'elle ne sait pas même de quel côté se déterminer. Souvent même elle ne le fait que pour faire usage de sa liberté; de manière que Dieu ne peut voir cette détermination par avance ni dans l'action de l'âme, ni dans l'action que les objets font sur elle.

Comment Dieu pourroit-il prévoir les choses qui dépendent de la détermination des causes libres? Il ne pourroit les voir que de deux manières : par conjecture, ce qui est contradictoire avec la prescience infinie; ou bien il les verroit comme des effets nécessaires qui suivroient infailliblement d'une cause qui les produiroit de même, ce qui est encore plus contradictoire : car l'âme seroit libre par la supposition; et, dans le fait, elle ne le seroit pas plus qu'une boule de billard n'est libre de se remuer, lorsqu'elle est poussée par une autre.

Ne crois pas pourtant que je veuille borner la science de Dieu. Comme il fait agir les créatures à sa fantaisie, il connoît tout ce qu'il veut connoître. Mais, quoiqu'il puisse voir tout, il ne se sert pas toujours de cette faculté; il laisse ordinairement à la créature la faculté d'agir ou de ne pas agir, pour lui laisser celle de mériter ou de

démériter : c'est pour lors qu'il renonce au droit qu'il a d'agir sur elle, et de la déterminer. Mais quand il veut savoir quelque chose, il le sait toujours, parce qu'il n'a qu'à vouloir qu'elle arrive comme il la voit, et déterminer les créatures conformément à sa volonté. C'est ainsi qu'il tire ce qui doit arriver du nombre des choses purement possibles, en fixant par ses décrets les déterminations futures des esprits, et les privant de la puissance qu'il leur a donnée d'agir ou de ne pas agir.

Si l'on peut se servir d'une comparaison dans une chose qui est au-dessus des comparaisons; un monarque ignore ce que son ambassadeur fera dans une affaire importante : s'il le veut savoir, il n'a qu'à lui ordonner de se comporter d'une telle manière, et il pourra assurer que la chose arrivera comme il la projette.

L'alcoran et les livres des Juifs s'élèvent sans cesse contre le dogme de la prescience absolue : Dieu y paroît partout ignorer la détermination future des esprits; et il semble que ce soit la première vérité que Moïse ait enseignée aux hommes.

Dieu met Adam dans le paradis terrestre, à condition qu'il ne mangera pas d'un certain fruit: précepte absurde dans un être qui connoîtroit les déterminations futures des âmes; car enfin un tel être peut-il mettre des conditions à ses grâces, sans les rendre dérisoires? C'est comme si un homme qui auroit su la prise de Bagdad avoit dit à un autre : Je vous donne mille écus si Bagdad n'est pas pris. Ne feroit-il pas là une mauvaise plaisanterie?

Mon cher Rhédi, pourquoi tant de philosophie? Dieu est si haut, que nous n'apercevons pas même

ses nuages. Nous ne le connoissons bien que dans
ses préceptes. Il est immense, spirituel, infini.
Que sa grandeur nous ramène à notre foiblesse.
S'humilier toujours, c'est l'adorer toujours.

A Paris, le dernier de la lune de Chahban, 1714.

LETTRE LXX.

ZÉLIS A USBEK.

A Paris.

S OLIMAN, que tu aimes, est désespéré d'un af-
front qu'il vient de recevoir. Un jeune étourdi,
nommé Suphis, recherchoit depuis trois mois sa
fille en mariage : il paroissoit content de la figure
de la fille, sur le rapport et la peinture que lui
en avoient faits les femmes qui l'avoient vue dans
son enfance; on étoit convenu de la dot, et tout
s'étoit passé sans aucun incident. Hier, après les
premières cérémonies, la fille sortit à cheval, ac-
compagnée de son eunuque, et couverte, selon
la coutume, depuis la tête jusqu'aux pieds. Mais,
dès qu'elle fut arrivée devant la maison de son
mari prétendu, il lui fit fermer la porte, et il
jura qu'il ne la recevroit jamais si on n'augmen-
toit la dot: Les parents accoururent, de côté et
d'autre, pour accommoder l'affaire; et après bien
de la résistance, ils firent convenir Soliman de
faire un petit présent à son gendre. Enfin, les cé-
rémonies du mariage accomplies, on conduisit la

fille dans le lit avec assez de violence; mais, une heure après, cet étourdi se leva furieux, lui coupa le visage en plusieurs endroits, soutenant qu'elle n'étoit pas vierge, et la renvoya à son père. On ne peut pas être plus frappé qu'il l'est de cette injure. Il y a des personnes qui soutiennent que cette fille est innocente. Les pères sont bien malheureux d'être exposés à de tels affronts : si pareil traitement arrivoit à ma fille, je crois que j'en mourrois de douleur. Adieu.

Du sérail de Fatmé, le 9 de la lune de Gemmadi 1, 1714.

LETTRE LXXI.

USBEK A ZÉLIS.

JE plains Soliman, d'autant plus que le mal est sans remède, et que son gendre n'a fait que se servir de la liberté de la loi. Je trouve cette loi bien dure, d'exposer ainsi l'honneur d'une famille aux caprices d'un fou. On a beau dire que l'on a des indices certains pour connoître la vérité, c'est une vieille erreur dont on est aujourd'hui revenu parmi nous; et nos médecins donnent des raisons invincibles de l'incertitude de ces preuves. Il n'y a pas jusqu'aux chrétiens qui ne les regardent comme chimériques, quoiqu'elles soient clairement établies par leurs livres sacrés, et que leur ancien législateur en ait fait dépendre l'innocence ou la condamnation de toutes les filles.

J'apprends avec plaisir le soin que tu te donnes de l'éducation de la tienne. Dieu veuille que son mari la trouve aussi belle et aussi pure que Fatima; qu'elle ait dix eunuques pour la garder; qu'elle soit l'honneur et l'ornement du sérail où elle est destinée; qu'elle n'ait sur sa tête que des lambris dorés, et ne marche que sur des tapis superbes; et, pour comble de souhaits, puissent mes yeux la voir dans toute sa gloire!

A Paris, le 5 de la lune de Chalval, 1714.

LETTRE LXXII.

RICA A USBEK.

A ***.

JE me trouvai l'autre jour dans une compagnie où je vis un homme bien content de lui. Dans un quart d'heure, il décida trois questions de morale, quatre problèmes historiques, et cinq points de physique : je n'ai jamais vu un décisionnaire si universel; son esprit ne fut jamais suspendu par le moindre doute. On laissa les sciences; on parla des nouvelles du temps : il décida sur les nouvelles du temps. Je voulus l'attraper, et je dis en moi-même : Il faut que je me mette dans mon fort; je vais me réfugier dans mon pays. Je lui parlai de la Perse; mais à peine lui eus-je dis quatre mots, qu'il me donna deux démentis, fondés sur

l'autorité de messieurs Tavernier et Chardin. Ah!
bon Dieu! dis-je en moi-même, quel homme est-ce
là? Il connoîtra tout à l'heure les rues d'Ispahan
mieux que moi! Mon parti fut bientôt pris : je
me tus, je le laissai parler, et il décide encore.

A Paris, le 8 de la lune de Zilcadé, 1715.

LETTRE LXXIII.

RICA A ***.

J'AI ouï parler d'une espèce de tribunal qu'on
appelle l'Académie françoise : il n'y en a point
de moins respecté dans le monde; car on dit
qu'aussitôt qu'il a décidé, le peuple casse ses ar-
rêts, et lui impose des lois qu'il est obligé de
suivre.

Il y a quelque temps que, pour fixer son auto-
rité, il donna un code de ses jugements. Cet en-
fant de tant de pères étoit presque vieux quand
il naquit; et quoiqu'il fût légitime, un bâtard,
qui avoit déjà paru, l'avoit presque étouffé dans
sa naissance.

Ceux qui le composent n'ont d'autre fonction
que de jaser sans cesse : l'éloge va se placer
comme de lui-même dans leur babil éternel; et
sitôt qu'ils sont initiés dans ses mystères, la fu-
reur du panégyrique vient les saisir, et ne les
quitte plus.

Ce corps a quarante têtes, toutes remplies de
figures, de métaphores et d'antithèses; tant de

bouches ne parlent presque que par exclamation ; ses oreilles veulent toujours être frappées par la cadence et l'harmonie. Pour les yeux, il n'en est pas question : il semble qu'il soit fait pour parler, et non pas pour voir. Il n'est point ferme sur ses pieds ; car le temps, qui est son fléau, l'ébranle à tous les instants, et détruit tout ce qu'il a fait. On a dit autrefois que ses mains étoient avides ; je ne t'en dirai rien, et je laisse décider cela à ceux qui le savent mieux que moi.

Voilà des bizarreries, ***, que l'on ne voit point dans notre Perse. Nous n'avons point l'esprit porté à ces établissements singuliers et bizarres ; nous cherchons toujours la nature dans nos coutumes simples et nos manières naïves.

A Paris, le 27 de la lune de Zilhagé, 1715.

LETTRE LXXIV.

RICA A USBEK.

A ***.

IL y a quelques jours qu'un homme de ma connoissance me dit : Je vous ai promis de vous produire dans les bonnes maisons de Paris ; je vous mène à présent chez un grand seigneur qui est un des hommes du royaume qui représentent le mieux.

Que cela veut-il dire, monsieur ? est-ce qu'il est plus poli, plus affable qu'un autre ? Ce n'est pas cela, me dit-il. Ah ! j'entends : il fait sentir

à tous les instants la supériorité qu'il a sur tous ceux qui l'approchent; si cela est, je n'ai que faire d'y aller; je prends déjà condamnation, et je la lui passe tout entière.

Il fallut pourtant marcher : et je vis un petit homme si fier, il prit une prise de tabac avec tant de hauteur, il se moucha si impitoyablement, il cracha avec tant de flegme, il caressa ses chiens d'une manière si offensante pour les hommes, que je ne pouvois me lasser de l'admirer. Ah! bon Dieu! dis-je en moi-même, si lorsque j'étois à la cour de Perse, je représentois ainsi, je représentois un grand sot! Il auroit fallu, Usbek, que nous eussions eu un bien mauvais naturel pour aller faire cent petites insultes à des gens qui venoient tous les jours chez nous nous témoigner leur bienveillance; ils savoient bien que nous étions au-dessus d'eux; et s'ils l'avoient ignoré, nos bienfaits le leur auroient appris chaque jour. N'ayant rien à faire pour nous faire respecter, nous faisions tout pour nous rendre aimables : nous nous communiquions aux plus petits; au milieu des grandeurs, qui endurcissent toujours, ils nous trouvoient sensibles; ils ne voyoient que notre cœur au-dessus d'eux; nous descendions jusqu'à leurs besoins. Mais lorsqu'il falloit soutenir la majesté du prince dans les cérémonies publiques; lorsqu'il falloit faire respecter la nation aux étrangers; lorsque enfin, dans les occasions périlleuses, il falloit animer les soldats, nous remontions cent fois plus haut que nous n'étions descendus; nous ramenions la fierté sur notre visage; et l'on trouvoit quelquefois que nous représentions assez bien.

De Paris, le 10 de la lune de Saphar, 1715.

LETTRE LXXV.

USBEK A RHÉDI.

A Venise.

IL faut je que te l'avoue, je n'ai point remarqué chez les chrétiens cette persuasion vive de leur religion qui se trouve parmi les musulmans; il y a bien loin chez eux de la profession à la croyance, de la croyance à la conviction, de la conviction à la pratique. La religion est moins un sujet de sanctification qu'un sujet de disputes qui appartient à tout le monde : les gens de cour, les gens de guerre, les femmes même, s'élèvent contre les ecclésiastiques, et leur demandent de leur prouver ce qu'ils sont résolus de ne pas croire. Ce n'est pas qu'ils se soient déterminés par raison, et qu'ils aient pris la peine d'examiner la vérité ou la fausseté de cette religion qu'ils rejettent : ce sont des rebelles qui ont senti le joug, et l'ont secoué avant de l'avoir connu. Aussi ne sont-ils pas plus fermes dans leur incrédulité que dans leur foi; ils vivent dans un flux et reflux qui les porte sans cesse de l'un à l'autre. Un d'eux me disoit un jour : Je crois l'immortalité de l'âme par semestre; mes opinions dépendent absolument de la constitution de mon corps; selon que j'ai plus ou moins d'esprits-animaux, que mon estomac digère bien ou mal, que l'air que je respire est subtil ou grossier, que les viandes dont je me nourris sont légères ou solides, je suis spinosiste, socinien, catholique, impie ou dévot. Quand le

médecin est auprès de mon lit, le confesseur me trouve à son avantage. Je sais bien empêcher la religion de m'affliger quand je me porte bien; mais je lui permets de me consoler quand je suis malade : lorsque je n'ai plus rien à espérer d'un côté, la religion se présente et me gagne par ses promesses; je veux bien m'y livrer, et mourir du côté de l'espérance.

Il y a longtemps que les princes chrétiens affranchirent tous les esclaves de leurs États, parce, disoient-ils, que le christianisme rend tous les hommes égaux. Il est vrai que cet acte de religion leur étoit très-utile : ils abaissoient par là les seigneurs, de la puissance desquels ils retiroient le bas peuple. Ils ont ensuite fait des conquêtes dans des pays où ils ont vu qu'il leur étoit avantageux d'avoir des esclaves; ils ont permis d'en acheter et d'en vendre, oubliant ce principe de religion qui les touchoit tant. Que veux-tu que je te dise? vérité dans un temps, erreur dans un autre. Que ne faisons-nous comme les chrétiens? Nous sommes bien simples de refuser des établissements et des conquêtes faciles dans des climats heureux *, parce que l'eau n'y est pas assez pure pour nous laver selon les principes du saint Alcoran!

Je rends grâce au Dieu tout-puissant, qui a envoyé Ali son grand prophète, de ce que je professe une religion qui se fait préférer à tous les intérêts humains, et qui est pure comme le ciel, dont elle est descendue.

<div style="text-align:center">De Paris, le 13 de la lune de Saphar, 1715.</div>

* Les mahométans ne se soucient point de prendre Venise, parce qu'ils n'y trouveroient point d'eau pour leurs purifications.

LETTRE LXXVI.

USBEK A SON AMI IBBEN.

A Smyrne.

LES lois sont furieuses en Europe contre ceux qui se tuent eux-mêmes : on les fait mourir, pour ainsi dire, une seconde fois ; ils sont traînés indignement par les rues ; on les note d'infamie ; on confisque leurs biens.

Il me paroît, Ibben, que ces lois sont bien injustes. Quand je suis accablé de douleur, de misère, de mépris, pourquoi veut-on m'empêcher de mettre fin à mes peines, et me priver cruellement d'un remède qui est en mes mains ?

Pourquoi veut-on que je travaille pour une société, dont je consens de n'être plus ? que je tienne, malgré moi, une convention qui s'est faite sans moi ? La société est fondée sur un avantage mutuel : mais lorsqu'elle me devient onéreuse, qui m'empêche d'y renoncer ? La vie m'a été donnée comme une faveur ; je puis donc la rendre lorsqu'elle ne l'est plus : la cause cesse, l'effet doit donc cesser aussi.

Le prince veut-il que je sois son sujet quand je ne retire point les avantages de la sujétion ? Mes concitoyens peuvent-ils demander ce partage inique de leur utilité et de mon* désespoir ? Dieu, différent de tous les bienfaiteurs, veut-il me condamner à recevoir des grâces qui m'accablent ?

Je suis obligé de suivre les lois quand je vis sous les lois : mais quand je n'y vis plus, peuvent-elles me lier encore ?

Mais, dira-t-on, vous troublez l'ordre de la providence. Dieu a uni votre âme avec votre corps; et vous l'en séparez : vous vous opposez donc à ses desseins, et vous lui résistez.

Que veut dire cela ? Troublé-je l'ordre de la providence, lorsque je change les modifications de la matière, et que je rends carrée une boule que les premières lois du mouvement, c'est-à-dire les lois de la création et de la conservation, avoient faite ronde ? Non, sans doute : je ne fais qu'user du droit qui m'a été donné ; et, en ce sens, je puis troubler à ma fantaisie toute la nature, sans que l'on puisse dire que je m'oppose à la providence.

Lorsque mon âme sera séparée de mon corps, y aura-t-il moins d'ordre et moins d'arrangement dans l'univers ? croyez-vous que cette nouvelle combinaison soit moins parfaite, et moins dépendante des lois générales? que le monde y ait perdu quelque chose? et que les ouvrages de Dieu soient moins grands, ou plutôt moins immenses?

Croyez-vous que mon corps, devenu un épi de blé, un ver, un gazon, soit changé en un ouvrage de la nature moins digne d'elle, et que mon âme, dégagée de tout ce qu'elle avoit de terrestre, soit devenue moins sublime?

Toutes ces idées, mon cher Ibben, n'ont d'autre source que notre orgueil : nous ne sentons point notre petitesse ; et, malgré qu'on en ait, nous voulons être comptés dans l'univers, y figurer, et y être un objet important. Nous nous imaginons que l'anéantissement d'un être aussi parfait que nous dégraderoit toute la nature ; et nous ne concevons pas qu'un homme de plus ou de moins dans le monde, que dis-je? tous les

hommes ensemble, cent millions de têtes comme
la nôtre, ne sont qu'un atome subtil et délié que
Dieu n'aperçoit qu'à cause de l'immensité de ses
connoissances.

A Paris, le 15 de la lune de Saphar, 1715.

LETTRE LXXVII.

IBBEN A USBEK.

A Paris.

Mon cher Usbek, il me semble que, pour un
vrai musulman, les malheurs sont moins des
châtiments que des menaces. Ce sont des jours bien
précieux que ceux qui nous portent à expier les
offenses. C'est le temps des prospérités qu'il fau-
droit abréger. Que servent toutes ces impatiences,
qu'à faire voir que nous voudrions être heureux,
indépendamment de celui qui donne les félicités,
parce qu'il est la félicité même?

Si un être est composé de deux êtres, et que la
nécessité de conserver l'union marque plus la
soumission aux ordres du Créateur, on en a pu
faire une loi religieuse ; si cette nécessité de con-
server l'union est un meilleur garant des actions
des hommes, on en a pu faire une loi civile.

De Smyrne, le dernier jour de la lune de Saphar, 1715.

LETTRE LXXVIII.

RICA A. USBEK.

A

JE t'envoie la copie d'une lettre qu'un François qui est en Espagne a écrite ici; je crois que tu seras bien aise de la voir.

Je parcours depuis six mois l'Espagne et le Portugal, et je vis parmi des peuples qui, méprisant tous les autres, font aux seuls François l'honneur de les haïr.

La gravité est le caractère brillant des deux nations : elle se manifeste principalement de deux manières ; par les lunettes, et par la moustache.

Les lunettes font voir démonstrativement que celui qui les porte est un homme consommé dans les sciences et enseveli dans de profondes lectures, à un tel point que sa vue s'en est affoiblie; et tout nez qui en est orné ou chargé peut passer, sans contredit, pour le nez d'un savant.

Pour la moustache, elle est respectable par elle-même, et indépendamment des conséquences; quoique pourtant on ne laisse pas d'en tirer souvent de grandes utilités pour le service du prince et l'honneur de la nation, comme le fit bien voir un fameux général portugais dans les Indes * : car, se trouvant avoir besoin d'argent, il se coupa une de ses moustaches, et envoya demander aux habitants de Goa vingt mille pistoles sur ce gage; elles

* Jean de Castro.

lui furent prêtées d'abord, et dans la suite il retira sa moustache avec honneur.

On conçoit aisément que des peuples graves et flegmatiques comme ceux-là peuvent avoir de la vanité : aussi en ont-ils. Ils la fondent ordinairement sur deux choses bien considérables. Ceux qui vivent dans le continent de l'Espagne et du Portugal se sentent le cœur extrêmement élevé, lorsqu'ils sont ce qu'ils appellent de vieux chrétiens ; c'est-à-dire, qu'ils ne sont pas originaires de ceux à qui l'inquisition a persuadé dans ces derniers siècles d'embrasser la religion chrétienne. Ceux qui sont dans les Indes ne sont pas moins flattés lorsqu'ils considèrent qu'ils ont le sublime mérite d'être, comme ils disent, hommes de chair blanche. Il n'y a jamais eu dans le sérail du Grand Seigneur de sultane si orgueilleuse de sa beauté que le plus vieux et le plus vilain mâtin ne l'est de la blancheur olivâtre de son teint, lorsqu'il est dans une ville du Mexique, assis sur sa porte, les bras croisés. Un homme de cette conséquence, une créature si parfaite, ne travailleroit pas pour tous les trésors du monde, et ne se résoudroit jamais, par une vile et mécanique industrie, de compromettre l'honneur et la dignité de sa peau.

Car il faut savoir que lorsqu'un homme a un certain mérite en Espagne, comme, par exemple, quand il peut ajouter aux qualités dont je viens de parler celle d'être le propriétaire d'une grande épée, ou d'avoir appris de son père l'art de faire jurer une discordante guitare, il ne travaille plus : son honneur s'intéresse au repos de ses membres. Celui qui reste assis dix heures par jour obtient précisément la moitié plus de considération qu'un autre qui n'en reste que cinq, parce

que c'est sur les chaises que la noblesse s'ac-
quiert.

Mais quoique ces invincibles ennemis du travail fassent parade d'une tranquillité philosophique, ils ne l'ont pourtant pas dans le cœur; car ils sont toujours amoureux. Ils sont les premiers hommes du monde pour mourir de langueur sous la fenêtre de leurs maîtresses; et tout Espagnol qui n'est pas enrhumé ne sauroit passer pour galant.

Ils sont premièrement dévots, et secondement jaloux. Ils se garderont bien d'exposer leurs femmes aux entreprises d'un soldat criblé de coups, ou d'un magistrat décrépit; mais ils les enfermeront avec un novice fervent qui baisse les yeux, ou un robuste franciscain qui les élève.

Ils connoissent mieux que les autres le foible des femmes; ils ne veulent pas qu'on leur voie le talon, et qu'on les surprenne par le bout des pieds: ils savent que l'imagination va toujours, que rien ne l'amuse en chemin; elle arrive, et là on étoit quelquefois averti d'avance.

On dit partout que les rigueurs de l'amour sont cruelles, elles le sont encore plus pour les Espagnols : les femmes les guérissent de leurs peines ; mais elles ne font que leur en faire changer, et il leur reste toujours un long et fâcheux souvenir d'une passion éteinte.

Ils ont de petites politesses qui en France paraîtroient mal placées : par exemple, un capitaine ne bat jamais son soldat sans lui en demander permission; et l'inquisition ne fait jamais brûler un Juif sans lui faire ses excuses.

Les Espagnols qu'on ne brûle pas paroissent si attachés à l'inquisition, qu'il y auroit de la

mauvaise humeur de la leur ôter : je voudrois seulement qu'on en établît une autre ; non pas contre les hérétiques, mais contre les hérésiarques qui attribuent à de petites pratiques monacales la même efficacité qu'aux sept sacrements ; qui adorent tout ce qu'ils vénèrent ; et qui sont si dévots qu'ils sont à peine chrétiens.

Vous pourrez trouver de l'esprit et du bon sens chez les Espagnols ; mais n'en cherchez point dans leurs livres : voyez une de leurs bibliothèques, les romans d'un côté, et les scolastiques de l'autre : vous diriez que les parties en ont été faites, et le tout rassemblé, par quelque ennemi secret de la raison humaine.

Le seul de leurs livres qui soit bon est celui qui a fait voir le ridicule de tous les autres.

Ils ont fait des découvertes immenses dans le nouveau monde, et ils ne connoissent pas encore leur propre continent : il y a sur leurs rivières tel port qui n'a pas encore été découvert, et dans leurs montagnes des nations qui leur sont inconnues.

Ils disent que le soleil se lève et se couche dans leur pays : mais il faut dire aussi qu'en faisant sa course il ne rencontre que des campagnes ruinées et des contrées désertes.

Je ne serois pas fâché, Usbek, de voir une lettre écrite à Madrid par un Espagnol qui voyageroit en France ; je crois qu'il vengeroit bien sa nation. Quel vaste champ pour un homme flegmatique et pensif ! Je m'imagine qu'il commenceroit ainsi la description de Paris.

Il y a ici une maison où l'on met les fous : on croiroit d'abord qu'elle est la plus grande de la

ville; non : le remède est bien petit pour le mal. Sans doute que les François, extrêmement décriés chez leurs voisins, enferment quelques fous dans une maison, pour persuader que ceux qui sont dehors ne le sont pas.

Je laisse là mon Espagnol. Adieu, mon cher Usbek.

De Paris, le 17 de la lune de Saphar, 1715.

LETTRE LXXIX.

USBEK A RHÉDI.

A Venise.

La plupart des législateurs ont été des hommes bornés, que le hasard a mis à la tête des autres et qui n'ont presque consulté que leurs préjugés et leurs fantaisies.

Il semble qu'ils aient méconnu la grandeur et la dignité même de leur ouvrage : ils se sont amusés à faire des institutions puériles, avec lesquelles ils se sont à la vérité conformés aux petits esprits, mais décrédités auprès des gens de bon sens.

Ils se sont jetés dans des détails inutiles; ils ont donné dans les cas particuliers : ce qui marque un génie étroit qui ne voit les choses que par parties, et n'embrasse rien d'une vue générale.

Quelques-uns ont affecté de se servir d'une autre langue que la vulgaire; chose absurde pour un faiseur de lois : comment peut-on les observer, si elles ne sont pas connues?

Ils ont souvent aboli sans nécessité celles qu'ils ont trouvées établies ; c'est-à-dire qu'ils ont jeté les peuples dans les désordres inséparables des changements.

Il est vrai que, par une bizarrerie qui vient plutôt de la nature que de l'esprit des hommes, il est quelquefois nécessaire de changer certaines lois. Mais le cas est rare ; et lorsqu'il arrive, il n'y faut toucher que d'une main tremblante : on y doit observer tant de solennités, et apporter tant de précautions, que le peuple en conclue naturellement que les lois sont bien saintes, puisqu'il faut tant de formalités pour les abroger.

Souvent ils les ont faites trop subtiles, et ont suivi des idées logiciennes plutôt que l'équité naturelle. Dans la suite, elles ont été trouvées trop dures ; et, par un esprit d'équité, on a cru devoir s'en écarter : mais ce remède étoit un nouveau mal. Quelles que soient les lois, il faut toujours les suivre, et les regarder comme la conscience publique, à laquelle celle des particuliers doit se conformer toujours.

Il faut pourtant avouer que quelques-uns d'entre eux ont eu une attention qui marque beaucoup de sagesse ; c'est qu'ils ont donné aux pères une grande autorité sur leurs enfants : rien ne soulage plus les magistrats ; rien ne dégarnit plus les tribunaux ; rien enfin ne répand plus de tranquillité dans un État, où les mœurs font toujours de meilleurs citoyens que les lois.

C'est de toutes les puissances celle dont on abuse le moins ; c'est la plus sacrée de toutes les magistratures ; c'est la seule qui ne dépend pas des conventions, et qui les a même précédées.

On remarque que, dans les pays où l'on met dans les mains paternelles plus de récompenses et de punitions, les familles sont mieux réglées : les pères sont l'image du créateur de l'univers, qui, quoiqu'il puisse conduire les hommes par son amour, ne laisse pas de se les attacher encore par les motifs de l'espérance et de la crainte.

Je ne finirai pas cette lettre sans te faire remarquer la bizarrerie de l'esprit des François. On dit qu'ils ont retenu des lois romaines un nombre infini de choses inutiles, et même pis ; et ils n'ont pas pris d'elles la puissance paternelle, qu'elles ont établie comme la première autorité légitime.

A Paris, le 18 de la lune de Saphar, 1715.

LETTRE LXXX.

LE GRAND EUNUQUE A USBEK.

A Paris.

HIER des Arméniens menèrent au sérail une jeune esclave de Circassie, qu'ils vouloient vendre. Je la fis entrer dans les appartements secrets, je la déshabillai, je l'examinai avec les regards d'un juge ; et plus je l'examinai, plus je lui trouvai de grâces. Une pudeur virginale sembloit vouloir les dérober à ma vue ; je vis tout ce qu'il lui en coûtoit pour obéir : elle rougissoit de se voir nue, même devant moi, qui, exempt des passions qui peuvent alarmer la pudeur, suis

inanimé sous l'empire de ce sexe, et qui, ministre de la modestie dans les actions les plus libres, ne porte que de chastes regards, et ne puis inspirer que l'innocence.

Dès que je l'eus jugée digne de toi, je baissai les yeux : je lui jetai un manteau d'écarlate, je lui mis au doigt un anneau d'or ; je me prosternai à ses pieds, je l'adorai comme la reine de ton cœur; je payai les Arméniens; je la dérobai à tous les yeux. Heureux Usbek! tu possèdes plus de beautés que n'en enferment tous les palais d'Orient. Quel plaisir pour toi de trouver, à ton retour, tout ce que la Perse a de plus ravissant, et de voir dans ton sérail renaître les grâces, à mesure que le temps et la possession travaillent à les détruire !

Du sérail de Fatmé, le 1er de la lune de Rebiab 1, 1715.

LETTRE LXXXI.

USBEK A RHÉDI.

A Venise.

Depuis que je suis en Europe, mon cher Rhédi, j'ai vu bien des gouvernements : ce n'est pas comme en Asie, où les règles de la politique se trouvent partout les mêmes.

J'ai souvent pensé en moi-même, pour savoir quel de tous les gouvernements étoit le plus conforme à la raison. Il m'a semblé que le plus

parfait est celui qui va à son but à moins de frais ; et qu'ainsi celui qui conduit les hommes de la manière qui convient le plus à leur penchant et à leur inclination est le plus parfait.

Si, dans un gouvernement doux, le peuple est aussi soumis que dans un gouvernement sévère, le premier est préférable, puisqu'il est plus conforme à la raison, et que la sévérité est un motif étranger.

Compte, mon cher Rhédi, que dans un État les peines plus ou moins cruelles ne font pas que l'on obéisse plus aux lois. Dans les pays où les châtiments sont modérés, on les craint comme dans ceux où ils sont tyranniques et affreux.

Soit que le gouvernement soit doux, soit qu'il soit cruel, on punit toujours par degrés ; on inflige un châtiment plus ou moins grand à un crime plus ou moins grand. L'imagination se plie d'elle-même aux mœurs du pays où l'on vit : huit jours de prison, ou une légère amende, frappent autant l'esprit d'un Européen nourri dans un pays de douceur, que la perte d'un bras intimide un Asiatique. Ils attachent un certain degré de crainte à un certain degré de peine, et chacun la partage à sa façon : le désespoir de l'infamie vient désoler un François qu'on vient de condamner à une peine qui n'ôteroit pas un quart d'heure de sommeil à un Turc.

D'ailleurs je ne vois pas que la police, la justice et l'équité soient mieux observées en Turquie, en Perse, chez le Mogol, que dans les républiques de Hollande, de Venise, et dans l'Angleterre même ; je ne vois pas qu'on y commette moins de crimes ; et que les hommes, intimidés par la grandeur des châtiments, y soient plus soumis aux lois.

Je remarque au contraire une source d'injustice et de vexations au milieu de ces mêmes États.

Je trouve même le prince, qui est la loi même, moins maître que partout ailleurs.

Je vois que, dans ces moments rigoureux, il y a toujours des mouvements tumultueux, où personne n'est le chef; et que, quand une fois l'autorité violente est méprisée, il n'en reste plus assez à personne pour la faire revenir;

Que le désespoir même de l'impunité confirme le désordre, et le rend plus grand;

Que, dans ces États, il ne se forme point de petite révolte, et qu'il n'y a jamais d'intervalle entre le murmure et la sédition;

Qu'il ne faut point que les grands événements y soient préparés par de grandes causes; au contraire, le moindre accident produit une grande révolution, souvent aussi imprévue de ceux qui la font que de ceux qui la souffrent.

Lorsqu'Osman, empereur des Turcs, fut déposé, aucun de ceux qui commirent cet attentat ne songeoit à le commetre; ils demandoient seulement en suppliants qu'on leur fît justice sur quelque grief: une voix, qu'on n'a jamais connue, sortit de la foule par hasard; le nom de Mustapha fut prononcé, et soudain Mustapha fut empereur.

De Paris, le 2 de la lune de Rebiab 1, 1715.

LETTRE LXXXII.

NARGUM, ENVOYÉ DE PERSE EN MOSCOVIE, A USBEK.

A Paris.

DE toutes les nations du monde, mon cher Usbek, il n'y en a pas qui ait surpassé celle des Tartares, ni en gloire, ni dans la grandeur des conquêtes. Ce peuple est le vrai dominateur de l'univers ; tous les autres semblent être faits pour le servir : il est également le fondateur et le destructeur des empires ; dans tous les temps il a donné sur la terre des marques de sa puissance ; dans tous les âges il a été le fléau des nations.

. Les Tartares ont conquis deux fois la Chine, et ils la tiennent encore sous leur obéissance.

Ils dominent sur les vastes pays qui forment l'empire du Mogol.

Maîtres de la Perse, ils sont assis sur le trône de Cyrus et de Gustape. Ils ont soumis la Moscovie. Sous le nom de Turcs, ils ont fait des conquêtes immenses dans l'Europe, l'Asie et l'Afrique ; et ils dominent sur ces trois parties de l'univers.

Et, pour parler de temps plus reculés, c'est d'eux que sont sortis presque tous les peuples qui ont renversé l'empire romain.

Qu'est-ce que les conquêtes d'Alexandre, en comparaison de celles de Genghiscan

Il n'a manqué à cette victorieuse nation que

des historiens, pour célébrer la mémoire de ses merveilles.

Que d'actions immortelles ont été ensevelies dans l'oubli ! que d'empires par eux fondés, dont nous ignorons l'origine ! Cette belliqueuse nation, uniquement occupée de sa gloire présente, sûre de vaincre dans tous les temps, ne songeoit point à se signaler dans l'avenir par la mémoire de ses conquêtes passées.

De Moscou, le 4 de la lune de Rebiab 1, 1715.

LETTRE LXXXIII.

RICA A IBBEN.

A Smyrne.

Quoique les François parlent beaucoup, il y a cependant parmi eux une espèce de dervis taciturnes qu'on appelle chartreux : on dit qu'ils se coupent la langue en entrant dans le couvent ; et on souhaiteroit fort que tous les autres dervis se retranchassent de même tout ce que leur profession leur rend inutile.

A propos de gens taciturnes, il y en a de bien plus singuliers que ceux-là, et qui ont un talent bien extraordinaire. Ce sont ceux qui savent parler sans rien dire, et qui amusent une conversation pendant deux heures de temps sans qu'il soit possible de les déceler, d'être leur plagiaire, ni de retenir un mot de ce qu'ils ont dit.

Ces sortes de gens sont adorés des femmes : mais ils ne le sont pourtant pas tant que d'autres, qui ont reçu de la nature l'aimable talent de sourire à propos, c'est-à-dire à chaque instant, et qui portent la grâce d'un gracieuse approbation sur tout ce qu'elles disent.

Mais ils sont au comble de l'esprit lorsqu'ils savent entendre finesse à tout, et trouver mille petits traits ingénieux dans les choses les plus communes.

J'en connois d'autres qui se sont bien trouvés d'introduire dans les conversations les choses inanimées, et d'y faire parler leur habit brodé, leur perruque blonde, leur tabatière, leur canne et leurs gants. Il est bon de commencer de la rue à se faire écouter par le bruit du carrosse, et du marteau qui frappe rudement la porte : cet avant-propos prévient pour le reste du discours ; et quand l'exorde est beau, il rend supportables toutes les sottises qui viennent ensuite, mais qui par bonheur arrivent trop tard.

Je te promets que ces petits talents, dont on ne fait aucun cas chez nous, servent bien ici ceux qui sont assez heureux pour les avoir, et qu'un homme de bons sens ne brille guère devant ces sortes de gens.

De Paris, le 6 de la lune de Rebiab 2, 1715.

LETTRE LXXXIV.

USBEK A RHÉDI.

A Venise.

S'IL y a un Dieu, mon cher Rhédi, il faut nécessairement qu'il soit juste : car, s'il ne l'étoit pas, il seroit le plus mauvais et le plus imparfait de tous les êtres.

La justice est un rapport de convenance, qui se trouve réellement entre deux choses : ce rapport est toujours le même, quelque être qui le considère, soit que ce soit Dieu, soit que ce soit un ange, ou enfin que soit un homme.

Il est vrai que les hommes ne voient pas toujours ces rapports ; souvent même lorsqu'ils les voient, ils s'en éloignent ; et leur intérêt est toujours ce qu'ils voient le mieux. La justice élève sa voix ; mais elle a peine à se faire entendre dans le tumulte des passions.

Les hommes peuvent faire des injustices, parce qu'ils ont intérêt de les commettre, et qu'ils aiment mieux se satisfaire que les autres. C'est toujours par un retour sur eux-mêmes qu'ils agissent : nul n'est mauvais gratuitement ; il faut qu'il y ait une raison qui détermine, et cette raison est toujours une raison d'intérêt.

Mais il n'est pas possible que Dieu fasse jamais rien d'injuste : dès qu'on suppose qu'il voit la justice, il faut nécessairement qu'il la suive ; car, comme il n'a besoin de rien, et qu'il se suffit à

lui-même, il seroit le plus méchant de tous les
êtres, puisqu'il le seroit sans intérêt.

Ainsi, quand il n'y auroit pas de Dieu, nous
devrions toujours aimer la justice ; c'est-à-dire
faire nos efforts pour ressembler à cet être dont
nous avons une si belle idée, et qui, s'il existoit,
seroit nécessairement juste. Libres que nous
serions du joug de la religion, nous ne devrions
pas l'être de celui de l'équité.

Voilà, Rhédi, ce qui m'a fait penser que la jus-
tice est éternelle, et ne dépend point des conven-
tions humaines ; et quand elle en dépendroit, ce
seroit une vérité terrible qu'il faudroit se déro
ber à soi-même.

Nous sommes entourés d'hommes plus forts
que nous; ils peuvent nous nuire de mille ma-
nières différentes, les trois quarts du temps ils
peuvent le faire impunément : quel repos pour
nous de savoir qu'il y a dans le cœur de tous ces
hommes un principe intérieur qui combat en
notre faveur, et nous met à couvert de leurs
entreprises !

Sans cela nous devrions être dans une frayeur
continuelle; nous passerions devant les hommes
comme devant les lions; et nous ne serions ja-
mais assurés un moment de notre vie, de notre
bien, ni de notre honneur.

Toutes ces pensées m'animent contre ces doc-
teurs qui représentent Dieu comme un être qui
fait un exercice tyrannique de sa puissance ; qui
le font agir d'une manière dont nous ne voudrions
pas agir nous-mêmes, de peur de l'offenser ; qui
le chargent de toutes les imperfections qu'il punit
en nous; et, dans leurs opinions contradictoires,
le représentent tantôt comme un être mauvais,

tantôt comme un être qui hait le mal et le punit.

Quand un homme s'examine, quelle satisfaction pour lui de trouver qu'il a le cœur juste ! Ce plaisir, tout sévère qu'il est, doit le ravir : il voit son être autant au-dessus de ceux qui ne l'ont pas qu'il se voit au-dessus des tigres et des ours. Oui, Rhédi, si j'étois sûr de suivre toujours inviolablement cette équité que j'ai devant les yeux, je me croirois le premier des hommes.

A Paris, le 1er de la lune de Gemmadi 1, 1715.

LETTRE LXXXV.

RICA A ***.

JE fus hier aux Invalides : j'aimerois autant avoir fait cet établissement, si j'étois prince, que d'avoir gagné trois batailles. On y trouve partout la main d'un grand monarque. Je crois que c'est le lieu le plus respectable de la terre.

Quel spectacle que de voir dans un même lieu rassemblées toutes ces victimes de la patrie, qui ne respirent que pour la défendre; et qui, se sentant le même cœur, et non pas la même force, ne se plaignent que de l'impuissance où elles sont de se sacrifier encore pour elle !

Quoi de plus admirable que de voir ces guerriers débiles, dans cette retraite, observer une discipline aussi exacte que s'ils y étoient contraints par la présence d'un ennemi, chercher leur dernière satisfaction dans cette image de la

guerre, et partager leur cœur et leur esprit entre les devoirs de la religion et ceux de l'art militaire!

Je voudrois que les noms de ceux qui meurent pour la patrie fussent écrits et conservés dans les temples, dans des registres qui fussent comme la la source de la gloire et de la noblesse.

A Paris, le 15 de la lune de Gemmadi 1, 1715.

LETTRE LXXXVI.

USBEK A MIRZA.

A Ispahan.

Tu sais, Mirza, que quelques ministres de Cha-Soliman avoient formé le dessein d'obliger tous les Arméniens de Perse de quitter le royaume, ou de se faire mahométans, dans la pensée que notre empire seroit toujours pollué, tandis qu'il garderoit dans son sein ces infidèles.

C'étoit fait de la grandeur persane, si dans cette occasion l'aveugle dévotion avoit été écoutée.

On ne sait comment la chose manqua ; ni ceux qui firent la proposition, ni ceux qui la rejetèrent, n'en connurent les conséquences : le hasard fit l'office de la raison et de la politique, et sauva l'empire d'un péril plus grand que celui qu'il auroit pu courir de la perte de trois batailles et de la prise de deux villes.

En proscrivant les Arméniens, on pensa détruire en un seul jour tous les négociants, et presque tous

les artisans du royaume. Je suis sûr que le grand
Cha-Abas auroit mieux aimé se faire couper les
deux bras que de signer un ordre pareil, et qu'en
envoyant au Mogol et aux autres rois des Indes.
ses sujets les plus industrieux, il auroit cru leur
donner la moitié de ses États.

Les persécutions que nos mahométans zélés ont
faites aux Guèbres les ont obligés de passer en
foule dans les Indes; et ont privé la Perse de cette
laborieuse nation, si appliquée au labourage, qui
seule, par son travail, étoit en état de vaincre la
stérilité de nos terres.

Il ne restoit à la dévotion qu'un second coup à
faire : c'étoit de ruiner l'industrie; moyennant
quoi l'empire tomboit de lui-même, et avec lui,
par une suite nécessaire, cette même religion qu'on
vouloit rendre si florissante.

S'il faut raisonner sans prévention, je ne sais,
Mirza, s'il n'est pas bon que dans un État il y ait
plusieurs réligions.

On remarque que ceux qui vivent dans des réli-
gions tolérées se rendent ordinairement plus utiles
à leur patrie que ceux qui vivent dans la religion
dominante; parce que, éloignés des honneurs, ne
pouvant se distinguer que par leur opulence et
leurs richesses, ils sont portés à en acquérir par
leur travail, et à embrasser les emplois de la so-
ciété les plus pénibles.

D'ailleurs, comme toutes les religions con-
tiennent des préceptes utiles à la société, il est
bon qu'elles soient observées avec zèle. Or qu'y
a-t-il de plus capable d'animer ce zèle, que leur
multiplicité?

Ce sont des rivales qui ne se pardonnent rien.
La jalousie descend jusqu'aux particuliers ;

chacun se tient sur ses gardes, et craint de faire des choses qui déshonoreroient son parti, et l'exposeroient aux mépris et aux censures impardonnables du parti contraire.

Aussi a-t-on toujours remarqué qu'une secte nouvelle introduite dans un État étoit le moyen le plus sûr pour corriger tous les abus de l'ancienne.

On a beau dire qu'il n'est pas de l'intérêt du prince de souffrir plusieurs religions dans son État. Quand toutes les sectes du monde viendroient s'y rassembler, cela ne lui porteroit aucun préjudice; parce qu'il n'y en a aucune qui ne prescrive l'obéissance et ne prêche la soumission.

J'avoue que les histoires sont remplies des guerres de religion : mais, qu'on y prenne bien garde, ce n'est point la multiplicité des religions qui a produit ces guerres, c'est l'esprit d'intolérance qui animoit celle qui se croyoit la dominante.

C'est cet esprit de prosélytisme, que les Juifs ont pris des Égyptiens, et qui d'eux est passé, comme une maladie épidémique et populaire, aux mahométans et aux chrétiens.

C'est enfin cet esprit de vertige, dont les progrès ne peuvent être regardés que comme une éclipse entière de la raison humaine.

Car enfin, quand il n'y auroit pas de l'inhumanité à affliger la conscience des autres, quand il n'en résulteroit aucun des mauvais effets qui en germent à milliers, il faudroit être fou pour s'en aviser. Celui qui veut me faire changer de religion ne le fait sans doute que parce qu'il ne changeroit pas la sienne quand on voudroit l'y forcer : il trouve donc étrange que je ne fasse pas une chose

qu'il ne feroit pas lui-même, peut-être pour l'empire du monde.

A Paris, le 26 de la lune de Gemmadi 1, 1715.

LETTRE LXXXVII.

RICA A ***.

IL semble ici que les-familles se gouvernent toutes seules : le mari n'a qu'une ombre d'autorité sur sa femme, le père sur ses enfants, le maître sur ses esclaves ; la justice se mêle de tous leurs différends ; et sois sûr qu'elle est toujours contre le mari jaloux, le père chagrin, le maître incommode.

J'allai l'autre jour dans le lieu où se rend la justice. Avant que d'y arriver, il faut passer sous les armes d'un nombre infini de jeunes marchandes, qui vous appellent d'une voix trompeuse. Ce spectacle d'abord est assez riant ; mais il devient lugubre lorsqu'on entre dans les grandes salles, où l'on ne voit que des gens dont l'habit est encore plus grave que la figure. Enfin on entre dans le lieu sacré où se révèlent tous les secrets des familles, et où les actions les plus cachées sont mises au grand jour.

Là, une fille modeste vient avouer les tourments d'une virginité trop longtemps gardée, ses combats, et sa douloureuse résistance : elle est si peu fière de sa victoire, qu'elle menace toujours d'une

défaite prochaine; et pour que son père n'ignore plus ses besoins, elle les expose à tout le peuple.

Une femme effrontée vient ensuite exposer les outrages qu'elle a faits à son époux, comme une raison d'en être séparée.

Avec une modestie pareille, une autre vient dire qu'elle est lasse de porter le titre de femme sans en jouir : elle vient révéler les mystères cachés dans la nuit du mariage ; elle veut qu'on la livre aux regards des experts les plus habiles, et qu'une sentence la rétablisse dans tous les droits de la virginité. Il y en a même qui osent défier leurs maris, et leur demander en public un combat que les témoins rendent si difficile : épreuve aussi flétrissante pour la femme qui la soutient que pour le mari qui y succombe.

Un nombre infini de filles ravies ou séduites font les hommes beaucoup plus mauvais qu'ils ne sont. L'amour fait retentir ce tribunal : on n'y entend parler que de pères irrités, de filles abusées, d'amants infidèles, et de maris chagrins.

Par la loi qui y est observée, tout enfant né pendant le mariage est censé être au mari : il a beau avoir de bonnes raisons pour ne le pas croire; la loi le croit pour lui, et le soulage de l'examen et des scrupules.

Dans ce tribunal, on prend les voix à la majeure; mais on a reconnu par expérience qu'il vaudroit mieux les recueillir à la mineure : et cela est bien naturel; car il y a très-peu d'esprits justes, et tout le monde convient qu'il y en a une infinité de faux.

A Paris, le 1er de la lune de Gemmadi 2, 1715.

LETTRE LXXXVIII.

RICA A ***.

On dit que l'homme est un animal sociable. Sur ce pied-là, il me paroît que le François est plus homme qu'un autre, c'est l'homme par excellence; car il semble être fait uniquement pour la société.

Mais j'ai remarqué parmi eux des gens qui non-seulement sont sociables, mais sont eux-mêmes la société universelle. Ils se multiplient dans tous les coins, et peuplent en un instant les quatre quartiers d'une ville : cent hommes de cette espèce abondent plus que deux mille citoyens; ils pourroient réparer aux yeux des étrangers les ravages de la peste ou de la famine. On demande dans les écoles si un corps peut être en un instant en plusieurs lieux; ils sont une preuve de ce que les philosophes mettent en question.

Ils sont toujours empressés, parce qu'ils ont l'affaire importante de demander à tous ceux qu'ils voient où ils vont et d'où ils viennent.

On ne leur ôteroit jamais de la tête qu'il est de la bienséance de visiter chaque jour le public en détail, sans compter les visites qu'ils font en gros dans les lieux où l'on s'assemble; mais, comme la voie en est trop abrégée, elles sont comptées pour rien dans les règles de leur cérémonial.

Ils fatiguent plus les portes des maisons à coups de marteau, que les vents et les tempêtes. Si l'on alloit examiner la liste de tous les portiers, on y trouveroit chaque jour leur nom estropié de mille

manières en caractères suisses. Ils passent leur vie
à la suite d'un enterrement, dans des compliments
de condoléance, ou dans des sollicitations de ma-
riage. Le roi ne fait point de gratification à quel-
qu'un de ses sujets, qu'il ne leur en coûte une voi-
ture pour lui en aller témoigner leur joie. Enfin,
ils reviennent chez eux, bien fatigués, se reposer,
pour pouvoir reprendre le lendemain leurs pé-
nibles fonctions.

Un d'eux mourut l'autre jour de lassitude, et on
mit cette épitaphe sur son tombeau : « C'est ici
que repose celui qui ne s'est jamais reposé. Il s'est
promené à cinq cent trente enterrements. Il s'est
réjoui de la naissance de deux mille six cent quatre-
vingts enfants. Les pensions dont il a félicité ses
amis, toujours en des termes différents, montent
à deux millions six cent mille livres ; le chemin
qu'il a fait sur le pavé, à neuf mille six cents stades ;
celui qu'il a fait dans la campagne, à trente-six.
Sa conversation étoit amusante ; il avoit un fonds
tout fait de trois cent soixante-cinq contes : il
possédoit d'ailleurs, depuis son jeune âge, cent
dix-huit apophthegmes tirés des anciens, qu'il
employoit dans les occasions brillantes. Il est mort
enfin à la soixantième année de son âge. Je me
tais, voyageur ; car comment pourrois-je achever
de te dire ce qu'il a fait et ce qu'il a vu ? »

A Paris, le 3 de la lune de Gemmadi 2, 1715.

FIN DU TOME PREMIER.

CALENDRIER

Les Persans possédaient anciennement une année solaire composée de douze mois. Mais le triomphe de l'islamisme mit fin à l'usage du calendrier national et introduisit chez tous les peuples musulmans les noms des mois arabes, qui sont employés dans les *Lettres persanes.*

L'année des Arabes et des musulmans est purement lunaire et ne reçoit point de mois intercalaires comme l'année juive. Elle se divise en douze mois de 29 ou de 30 jours, dont voici les noms, selon la transcription adoptée aujourd'hui :

Moharrem, Safar, Rébi premier, *Rébi* second, *Djoumáda* premier, *Djoumáda* second, *Redjeb, Cha'-ban, Ramadhân* (que les Persans prononcent *Ramaʒán*) *Cheoual, Dhou'l-qa'da* et *Dhou'l-hidja* (les Persans disent : Zou'l-qadè, Zou'l-hidjè).

Il est facile de reconnaître dans ces noms ceux qui figurent successivement dans les dates de chaque lettre : Maharram, Saphar, Rébiab 1 et 2, Gemmadi 1 et 2, Régheb, Chahban, Rhamazan, Chalval, Zilcadé, Zilhagé.

Le défaut absolu de concordance entre cette année lunaire et notre année solaire fait qu'un mois quelconque, celui de Ramadhân, par exemple, qui est celui du carême musulman, tombe successivement en

décembre, novembre, octobre, etc., par une avance annuelle de onze à douze jours.

Les Persans, ainsi que les Arabes, commencent la semaine au dimanche, à l'imitation des Juifs, et par conséquent la finissent au samedi, que les Arabes nomment *yaum-el-sebt* et les Persans *rouz-i-chembeh*, c'est-à-dire « jour du sabbat. » Le vendredi, qui chez les musulmans est le jour de repos, s'appelle en arabe *yaum el-djouma'*, « jour de l'assemblée, » et en persan *adine'i* ou *azineh*, « fête. » Les autres jours n'ont pas de nom particulier ; les Arabes disent : premier, second, troisième, quatrième, cinquième jour (*yaum el-ahad*, *yaum el-ithnéin*, *yaum el-thalathá*, *yaum el-arba'á*, *yaum el-khamis*) ; les Persans : un du sabbat, deux du sabbat, trois du sabbat, quatre du sabbat, cinq du sabbat (*yek chembeh, dou chembeh, seh chembeh, tchár chembeh, pendj chembeh*).

(Cette note est due à l'obligeance de M. MARCEL DEVIC, traducteur d'*Antar*.)

NOTES ET VARIANTES.

(Voir l'*Index*, t. II, pour l'histoire, la religion, la philosophie, le droit public et privé, les mœurs orientales et européennes.)

QUELQUES RÉFLEXIONS SUR LES LETTRES PERSANES.
Cet avant-propos n'a été publié qu'en 1754, en tête du *Supplément*. (Cologne, Pierre Marteau, deux tomes in-12, avec les *Lettres turques* de Saint-Foix.)

« En parlant de notre religion, ces Persans ne doivent pas... » (Voir la note de la page 53.) L'abbé Gaultier (Les *Lettres persannes* convaincues d'impiété, 1751) n'admet pas cette excuse commode.

« Infinité d'expressions sublimes, qui l'auroient *envoyë* jusque dans les nues. » (Texte de 1721.)
L'édition de 1754 et la plupart des suivantes donnent : » *ennuyé* jusque dans les nues. »
Il semble qu'il y ait là une coquille.

Lettre I.
Supprimée dans la *seconde édition, revue, corrigée, diminuée et augmentée par l'auteur* (2 tomes in-12, Cologne, Pierre Marteau, 1721).
La suppression a peut-être été motivée par ces mots : « le tombeau de la *Vierge qui a mis au monde douze prophètes*. » (Fatime, fille de Mahomet, épouse d'Ali.)

Lettre II.
« Tu leur commandes, et leur obéis. » (1754.)
1721 1ʳᵉ ; « et *tu* leur obéis. »

Lettre III.

« Je *comptai* pour rien la pudeur. » (1754.)

1721 1ʳᵉ : « je *comptois*... »

Lettre V. Supprimée dans 1721 2ᵉ Marteau.

Lettre VI (I de 1721 2ᵉ Marteau).

« Au milieu des perfides *Osmanlins*. » (1754.)

1721 1ʳᵉ : « *Osmalins*. »

« Je n'ai que *des âmes lâches* qui m'en répondent. » (1754.)

1721 1ʳᵉ : « que *des lâches*... »

Lettre VII (V de 1721 2ᵉ Marteau).

« que toi dans le monde qui *mérites* d'être aimé. »

1721 1ʳᵉ, 1754 : « qui *mérite*. »

« Je *donnerois* l'empire du monde pour *un seul de tes baisers*...

privée de celui qui peut seul les *satisfaire*...

dans la fureur d'*une passion irritée*...

1721 2ᵉ Marteau : « Je *quitterois* pour *toi* l'empire du monde....

privée de celui qui peut seul les *calmer*...

dans la fureur *des passions*. »

Lettre VIII (VI de 1721 2ᵉ Marteau).

1721 1ʳᵉ, 1754 : 20 *Gemmadi* 2, 1711.

1721 2ᵉ : 12 Gemmadi 2, 1711.

Lettre IX (VII de 1721 2ᵉ Marteau).

« Un flux et *un* reflux d'empire. » (1754.)

1721 1ʳᵉ : « un flux et reflux. »

« me font faire *de* fausses confidences. » (1754.)

1721 1ʳᵉ : « faire fausses confidences. »

« J'ai autant d'ennemies dans son cœur qui ne songent qu'à me perdre. »

1721 2ᵉ ajoute : « qu'il y a de femmes dans le sérail. »

Lettre X (fondue avec la suivante dans 1721 2ᵉ Marteau).

Dans 1721 2e, le 1er paragraphe est supprimé, les deux autres sont modifiés. (Voir la suivante.)

Lettre XI (VIII de 1721 2e Marteau).

Les Troglodytes. Voyez Hérodote, IV, 133; Pomponius Méla, I; Plutarque, *Marc Antoine.*

Dans 1721 2e, le premier paragraphe, supprimé, est remplacé par un résumé de la précédente, sans altération de sens.

« Mais *ils conjurèrent* contre lui. » Tournure latine. Le français a préféré la forme réfléchie : *se conjurer.*

« *Je me procurerai tous mes besoins* et pourvu que je *les aie...* »

Locutions elliptiques et peu correctes.

« que cette femme soit *à vous, ou à vous.* » (1754). 1721 1re : « *à moi ou à vous.* » Ce qui n'a pas de sens.

Lettre XII (IX de 1721 2e Marteau).

Lettre XIII (X de 1721 2e).

Lettre XIV (XI de 1721 2e).

Lettre XV (1re du Supplément de 1754).

Lettre XVI (XV de 1721 1re, supprimée dans 1721 2e Marteau).

Les trois tombeaux : ceux de Fatime et de deux personnages de sa famille.

Il y a aussi à Com des tombeaux de rois.

Lettre XVII (XVI de 1721 1re; XII de 1721 2e Marteau).

Lettre XVIII (XVII de 1721 1re, XIII de 1721 2e Marteau).

Lettre XIX (XVIII de 1721 1re; XIV de 1721 2e).

Lettre XX (XIX de 1721 1re, XV de 1721 2e).

Lettre XXI (XX de 1721 1re, XVI de 1721 2e).

Lettre XXII (2ᵉ du Supplément de 1754).

Lettre XXIII (XXI de 1721 1ʳᵉ, XVII de 1721 2ᵉ).
« témoignage *du* génie des ducs de Toscane. »
1721 1ʳᵉ : « *de* génie.... »
« Leurs *beaux-frères.* »
1721 1ʳᵉ, et 1754 : *beaufrères.*
« Les persanes en ont quatre » (voiles). Aujourd'hui,
elles n'en ont plus qu'un, nommé Roubend.

Lettre XXIV (XXII de 1721 1ʳᵉ, XVIII de 1721 2ᵉ).
« Il lui fait croire *que trois ne sont qu'un...* »
Supprimé dans 1721 2ᵉ Marteau.
Le papier monnaie était connu anciennement en
Chine, et dès le xiiiᵉ siècle en Perse..
Constitution (bulle *Unigenitus*) du pape Clément XI
contre les *Réflexions morales* du père Quesnel.

Lettre XXV (XXIII de 1721 1ʳᵉ, supprimée dans
1721 2ᵉ).

Lettre XXVI (XXIV de 1721 1ʳᵉ, XIX de 1721 2ᵉ).
« parmi vos esclaves, qui *me* trahirent... »
1721 1ʳᵉ et 1754 : « qui *vous* trahirent... » Coquille.
« enivré des plus grandes faveurs sans avoir obtenu
les moindres. » (1754.)
1721 Iʳᵉ : « sans *en* avoir... »

Lettre XXVII (XXV de 1721 1ʳᵉ, XX de 1721 2ᵉ).
« par les caravanes d'*Arméniens.* . »
1721 1ʳᵉ : « d'*Arménie...* »

Lettre XXVIII (XXVI de 1721 1ʳᵉ, XXI de 1721 2ᵉ).

Lettre XXIX (XXVII de 1721 1ʳᵉ, XXII de 1721 2ᵉ).

Lettre XXX (XXVIII de 1721 1ʳᵉ, XXIII de 1721 2ᵉ).

Lettre XXXI (XXIX de 1721 1ʳᵉ, XXIV de 1721 2ᵉ).

Lettre XXXII (XXX de 1721 1ʳᵉ, supprimée dans
1721 2ᵉ).
« Maison où l'on entretient environ trois cents per-
sonnes assez pauvrement. » Les Quinze-Vingts.

Lettre XXXIII (XXXI de 1721 1ʳᵉ, XXV de 1721 2ᵉ).

Lettre XXXIV (XXXII de 1721 1ʳᵉ, XXVI de 1721 2ᵉ).
Les deux éditions, 1721, donnent *Rica à Ibben*;
1754 : *Usbek à Ibben*. Même contexte.

Lettre XXXV (XXXIII de 1721 1ʳᵉ, XXVII de 1721 2ᵉ).
Vivement incriminée dans la brochure du père Gaultier, 1751 : *Les Lettres persannes convaincues d'impiété.*
« Ali, qui était *le plus beau de tous les hommes.* »
Expressions d'un psaume, qu'on applique au Messie.

Lettre XXXVI (XXXIV de 1721 1ʳᵉ, XXVIII de 1721 2ᵉ).
« Dispute la plus mince *qu'il se* puisse imaginer. »
1721, 1ʳᵉ : « *qui se* puisse imaginer. »

Lettre XXXVII (XXXV de 1721 1ʳᵉ, XXIX de 1721 2ᵉ).
Louis XIV avait en 1713 75 ans; il régnait depuis soixante-dix.
Le ministre de 18 ans : peut-être Barbezieux, fils de Louvois, ministre à 23 ans, mort en 1701 (?).
La maîtresse de 80 ans : la Maintenon.
« nous n'avons point d'*exemple* dans nos histoires. »
1721 1ʳᵉ : « d'*exemples.* »

Lettre XXXVIII (XXXVI de 1721 1ʳᵉ, XXX de 1721 2ᵉ).

Lettre XXXIX (XXXVII de 1721 1ʳᵉ, XXXI de 1721, 2ᵉ).
« qui a fait le pélerinage *de* la Mecque. »
1721 1ʳᵉ : « *à* la Mecque. »
« que la *nature* de la femme ne cessât d'être immonde, et que le *membre viril* ne fût livré à la circoncision. »
1721 2ᵉ Marteau : « que la femme ne cessât d'être immonde et que l'*homme* ne fût livré... »

Lettre XL (XXXVIII 1721 1re, XXXII 1721 2e).
« va sottement se mettre dans une balance et *se
faire* peser. »
1721 1re : « èt *se fait* peser. »

Lettres XLI-XLIII (XXXIX-XLI de 1721 1re ; suppri-
mées dans 1721 2e).

Lettre XLIV (XLII de 1721 1re, XXXIII 1721 2e).
« quand le *Kan* de Tartarie. »
1721 1re : « le *Cam*. »

Lettre XLV (XLIII de 1721 1re, XXXIV 1721 2e).
« *faubourg* Saint-Germain. »
1721, 1754 : *faux bourg*.
« J'ai loué un hôtel deux mille écus. »
1721 1re : « *de* deux mille écus. »

Lettre XLVI (XLIV 1721 1re, XXXV 1721 2e).
« dans un *caravansérail*. »
1721 1re : *caravanserai*; 1754 : *caravansera*.
Incriminée dans la brochure : *Lettres persannes con-
vaincues d'impiété*, 1752, à cause de la prière du
déiste.

Lettre XLVII (XLV 1721 1re, supprimée dans
1721 2e).
« annoncer le *courouc*. »
Pour les femmes du roi, le *courouc* se publie d'a-
vance, et tout homme qui n'en tient compte court
risque de la vie. Pour les autres femmes, les eunu-
ques à cheval autour des litières crient *courouc*,
courouc (arrière !) et bâtonnent ou transpercent
les curieux.

Lettre XLVIII (XLVI 1721 1re, XXXVI 1721 2e).
Ils valènt *bien* la peine qu'on les détrompe. »
(1721 1re.)
1754 : « Ils valent la peine; » semble une omission.
« Étudier *sur* cette foule de gens qui y *abordoit* sans
cesse, dont les caractères me présentoient... »
(1754.)

Beaucoup d'éditions plus modernes, entre autres
Lefèvre 1820, donnent : « étudier cette foule de
gens qui y *abordoient et* dont... »

« qui ne m'ait donné la torture *plus de deux cents
fois; et cependant* je... » (1721, 1754.)

Ed. Lefèvre 1820 : qui ne m'ait donné *deux cents
fois* la torture, et je... » (d'après quelle autorité ?)

« Il excelle par son cuisinier : aussi n'*en* est-il pas
ingrat... » Singulière tournure.

« *C'est un homme* excellent. » (1754.)

Ed. Lefèvre 1820 : « *il est* excellent. » (?)

« certaine femme dans le monde *qui pestera un peu.* »
(1754.)

Ed. Lefèvre 1820 : « qui *ne sera pas de bonne hu-
meur.* » (?)

« La mettre à deux doigts de *ma* perte. » (1721,
1754.)

C'est le texte vrai et le plus fin aussi.

La plupart des éditions, y compris Lefèvre 1820,
donnent : « de *sa* perte. » Ce qui n'a pas de sens.

Lettre XLIX (XLVII de 1721 1re, XXXVII de 1721 2e).

Lettre L (XLVIII de 1721 1re, XXXVIII de 1721 2e).

Lettre LI (XLIX de 1721 1re, XXXIX de 1721 2e).
« Depuis Moscou. »
1721 1re : Moscov; 1754 : Moscow.
Sévérité de Pierre le grand. V. *Esprit des lois*,
XIX, 14.

Lettre LII (L de 1721 1re, XL de 1721 2e).
« J'ai ouï dire à *feu* ma sœur. »
1721 1re, et 1754 : « *feuë* ma sœur. »
« se dérober *à* la plus affligeante de toutes les idées. »
1721 1re : « se dérober la plus affligeante... »

Lettre LIII (LI de 1721 1re, XLI de 1721 2e).

Lettres LIV-LXIV (LII-LXII 1721 1re, XLII-LII
1721 2e.

LXI, Ambroise et Théodose, V. Spinoza, *Tractatus theologico-politicus*, 49.

Incriminée dans les *Lettres persannes convaincues d'impiété*.

LXIII : « et *se* pliè sans effort aux mœurs... »
1721 1ʳᵉ, 1754 : « et *je* plie. »

Lettre LXIV : « Se plaisoit *de* me les faire exercer même et *de*... »
1721 2ᵉ : « *à* me les faire exercer même et *à*... »

Lettre LXV (LXIII 1721 1ʳᵉ, supprimée dans 1721 2ᵉ).

Lettre LXVI (LXIV 1721 1ʳᵉ, LIII 1721 2ᵉ).

Lettre LXVII (LXV 1721 1ʳᵉ, LIV 1721 2ᵉ).
Tefflis (Tiflis), capitale de la Géorgie.

Lettre LXVIII (LXVI 1721 1ʳᵉ, LV 1721 2ᵉ).

Lettre LXIX (LXVII 1721 1ʳᵉ, LVI 1721 2ᵉ).
Violemment incriminée dans les *Lettres persannes convaincues d'impiété*, où elle est citée d'après 1721 2ᵉ.
« dont il fit un tout *pour* ressembler. » (1754.)
1721 1ʳᵉ : « un tout *qu'il crut* ressembler. »
Le dernier alinéa est une addition du Supplément de 1754.

Lettre LXX (LXVIII 1721 1ʳᵉ, supprimée dans 1721 2ᵉ).

Lettre LXXI (LXIX 1721 1ʳᵉ, supprimée dans 1721 2ᵉ).

Lettre LXXII (LXX 1721 1ʳᵉ, LVII 1721 2ᵉ).
« Rica à *Usbek*. » (1754.)
Éditions antérieures : « Rica à *Ibben*. »

Lettre LXXIII (LXXI 1721 1ʳᵉ, LXI 1721 2ᵉ).
Le *code des jugements* de l'Académie, c'est son dictionnaire.

« un *bâtard*, qui avait déjà paru, » c'est le diction-
naire de Furetière, dont la publication anticipée
fit expulser l'auteur de l'Académie.

« Il semble *qu'il soit fait* pour parler... » (1754.)
1721 1ʳᵉ : « *qu'ils soient faits...* »

Lettre LXXIV (LXXII 1721 1ʳᵉ, LXII 1721 2ᵉ).

Lettre LXXV (LXXIII 1721 1ʳᵉ, LXIII 1721 2ᵉ).
Leur demandent de leur prouver ce qu'ils sont ré-
solus de ne pas croire. »
1721 1ʳᵉ : « demandent *qu'ils prouvent* ce qu'ils *ne
veulent* pas croire. »
« Je sais *bien* empêcher la religion. »
1721 1ʳᵉ : « je sais empêcher... »
« Ils abaissoient par là les seigneurs. »
1721 1ʳᵉ : « *parce qu'ils* abaissoient... »

Lettre LXXVI (LXXIV 1721 1ʳᵉ, LXIV 1721 2ᵉ).
Incriminée dans les *Lettres persannes convaincues
d'impiété.*
« Cent millions de *têtes* comme la nôtre. » (1754,
1758, etc.)
1721, 1730, etc. : « cent millions de *terres...* »

Lettre LXXVII (3ᵉ du Supplément de 1754).
Correctif tardif à la précédente.

Lettre LXXVIII (LXXV 1721 1ʳᵉ, LXV 1721 2ᵉ).
« Le seul de leurs livres qui soit bon. » Don Qui-
chotte.
« Des nations qui leur sont inconnues; » à ce qu'il
paraît, les Batuécas. Mais l'accusation est invrai-
semblable.

Lettre LXXIX (LXXVI 1721 1ʳᵉ, LXVI 1721 2ᵉ).

Lettre LXXX (LXXVII 1721 1ʳᵉ, LXVII 1721 2ᵉ).

Lettres LXXXI-LXXXIII (LXXVIII-LXXX 1721 1ʳᵉˢ,
LXVIII-LXX 1721 2ᵉ).

Lettre LXXXIV (LXXXI 1721 1ʳᵉ, LXXI 1721 2ᵉ).
 Incriminée dans les *Lettres persannes convaincues d'impiété.*
 « Cette raison est toujours *une* raison d'intérêt. » (1754.)
 1721 1ʳᵉ : « est toujours raison d'intérêt. »

Lettre LXXXV (LXXXII 1721 1ʳᵉ, LXXXII 1721 2ᵉ).

Lettre LXXXVI (LXXXIII 1721 1ʳᵉ, LXXIII 1721 2ᵉ).

Lettre LXXXVII (LXXXIV 1721 1ʳᵉ, LXXIV 1721 2ᵉ).
 « La justice se mêle de tous leurs *différends.* » (1758.)
 Cette proposition nécessaire est omise dans 1721 1ʳᵉ et 1754.
 Elle se trouve dans 1721 2ᵉ, avec une légère différence :
 « se mêle de toutes leurs *affaires.* »
 « nombre infini de jeunes marchandes. » Allusion aux *galeries du palais* (sujet d'une comédie de Corneille) habitées et fréquentées comme le sont les galeries du Palais Royal.

Lettre LXXXVIII (LXXXV 1721 1ʳᵉ, LXXV 1721 2ᵉ).

ERRATUM.

Page 147, lignes 13 et 14, au lieu de : *pour garant de vertu*, lisez, *pour garant de* SA *vertu.*

TABLE DES MATIÈRES

DU TOME PREMIER.

FIN DE LA TABLE DU TOME PREMIER.

OUVRAGES DE M. ANDRÉ LEFÈVRE.

LES FINANCES DE CHAMPAGNE AUX XIIIe ET XIVe SIÈCLES.

LA FLUTE DE PAN, 2e édition.　　　　　Hetzel.

LA LYRE INTIME.　　　　　　　　　　*Ibid.*

VIRGILE ET KALIDASA.　　　　　　　　*Ibid.*

L'ÉPOPÉE TERRESTRE.　　　　　　　　Marpon.

LA VALLÉE DU NIL (avec M. H. CAMMAS). Hachette.

LES MERVEILLES DE L'ARCHITECTURE, 3e édit. *Ibid.*

LES PARCS ET LES JARDINS, 2e édit.　　*Ibid.*

LA PENSÉE NOUVELLE, en collaboration avec MM. Louis Asseline, A. Coudereau, Ch. Letourneau, P. Lacombe, etc. 2 vol. gr. in-8o.

NAPOLÉON Ier (in-32). Bureaux de l'*Éclipse.*

LES FINANCES PARTICULIÈRES DE NAPOLÉON III. J. Rouquette.

Imp. Eugène HEUTTE et Cie, à Saint-Germain.